精灵与甜梦
皆可私藏

仲夏精灵梦

白萌萌 主编

长江出版社 CHANGJIANGPRESS　漫娱图书

序言

Xu

Yan

XU YAN

XU YAN

来精灵的梦境躲一躲

文/尤莉斯

奇怪有趣又可爱，兔牙关不住，出门散散步。微博@尤莉斯。

造梦师把梦里的精灵带进现实，把现实里的尘埃变成陆地上的星星。就这样，精灵崽出生在一间狭小的出租屋内，生来平凡却又带着光芒。

就像躲在尘埃里，藏在小角落里默默发着光的孩子一样，精灵崽也在努力发光，想要治愈每一个孤单的小灵魂。它们是独一无二的，但并不寂寞，因为终有一天，它们会遇见属于自己的小主人。

女孩们将精灵崽藏在自己的抽屉里，当好朋友来玩耍时，便会小心翼翼地打开抽屉，展示自己的小宝藏。沉睡的精灵崽们，静静地倾听着女孩们的心事，慢慢地就有了属于她们的故事。

成人世界的大门已打开，少女心成为秘密，要善良、要勇敢，要像小星星一样闪闪发光。少女心不只属于少女，每个怀有少女心的大人，都是超级无敌美好的人类啊。

当然，造梦师也不止我一个，每一个可爱的人都会想着为这个有时看着不那么可爱的世界做点什么。而接下来的故事便是造梦师送给你的最甜美的礼物。

星星、月亮、独角、迷雾、玫瑰……如果童真无法正常死亡，请允许我梦见一座永无岛。人类偶尔也需要休息吧，那么疲倦的时候，请来精灵的梦境里躲一躲。

精灵与甜梦

封印解除

独角精灵 ▸▸▸

除了犄角，还拥有两个兔耳，以及隐藏在围帽后的熊耳。

属性：温柔的勇敢

◂◂◂ 午夜精灵

满怀心愿沐浴在永恒月光中重生，从此只能于夜晚遨游。

属性：希望与自由

精灵邮递员 ▸▸▸

翻过晶簇丛林带来蘑菇味的糖果、烟火味的陨石项链，以及送给爱人的吻。

属性：真挚的羁绊

◂◂◂ 森林女巫

是女巫，也是有着异瞳与黑猫的公主。

属性：真实与自我

棉花糖精灵 ◂◂◂

用棉花糖捏成的小人，霞织布雕刻成翅膀，
决定甜度的是恋人的真心。

属性：柔软与甜蜜

◂◂◂ 黑精灵

颜色如乌云般被视为不祥的鸟，是月神的孩子。

属性：晶莹的真心

守护精灵 ◂◂◂

如同尘埃一般透明、微弱、骨质疏松，
无法被看到。

属性：沉默的守护

◂◂◂ 星星旅人

风尘仆仆的异世界旅行者，为了冒险
不断邂逅、告别。

属性：冒险与浪漫

折纸人偶 ◂◂◂

冰冷没有知觉，由魔法师造出的伤人利器，生出
了人类的心。

属性：温度与重生

◂◂◂ 迷雾精灵

由森林雾气幻化而来，缥缈易散，
无法离开森林世界。

属性：纯真的胆怯

目录

Mu Lu

独角精灵

城墙多了一道裂缝

少女 One 的额头缺了一只犄角

蓝色血液像刺青一般顽固地伏在伤口上

她不知城墙有多厚

顾不得墙外列好队的利剑

城墙的另一端

是她一定要救下的小小少年

DUJIAO 独角 尤莉斯

残次假期

CANCIJIAQI

文/解知

十七岁超气人业余写手。爱好白日做梦与造梦，
反转童话的忠实拥趸。

01

世上有两种独角兽。

一种是由亲代结合繁衍出的独角兽，它们天生有角，能力强大，血液可医顽疾，长生不老，是一辈子不得见一面的圣兽。另一种就多少有点草率了，它们是神明的随笔涂鸦，作为后天造物，画出来是什么样就是什么样。

如果这位半吊子神摸鱼到一半被上司或者信徒叫走，那么极有可能魔力自动催生出的独角兽就会出现缺胳膊少腿儿的情况。当然这情况是极少数的，神一天到晚忙活还不够，即使要摸鱼也不可能天天画独角兽。

据黑森林深处的全自动史书记载：千百年来，独角兽只有两只，其中一只虽然完整但是在百年前就离世了，而另一只虽然在世但是并不完整。

很不幸，我就是后一只。

偏偏我缺的还不是什么无关紧要的部位。在额前那个应该生长一只螺旋角的位置，只有一个浅浅的红色胎记。我没有象征着独角兽命门的角。没有角的独角兽与马无异，受到伤害会流血甚至死亡，更没有与时间同长的寿命。我甚至不如普通马匹，毕竟从小到大，我还一直要忍受森林四方动物的百般嘲笑和戏弄。

知晓万事的魔女小姐拍了拍我的头安慰："也不是完全一致，起码你在夜里可以发光啊，多环保节能。"

我："那真是谢谢你。"

她自觉失言，立刻说道："其实也不是完全没有办法，你只要找到那位神使，请他在当年作画的布上用笔补上那只角即可。"

我听完愈发绝望："你听听你说的这是什么话。"

她抿了抿嘴唇："其实还有一种方法。独角兽的角是其魔力源泉，反之亦然，倘若你得到强大的魔力储备，也可以自发长出角来。"

"而在童话世界里最强大的魔法，"她用双手做捧心状，"自然就是爱啦！"

我听得云里雾里，恍惚间被魔女拔了十几根尾毛作为解答问题以及兑换维系人形法力的报酬。我使劲地扒住门："别的我还能理解——为什么得到爱就要去人类社会？"

她："因为动物不足以理解你要的那种高深且厚重的情感！"

我一个头两个大："你说人话。"

她冷酷无情："黑森林里不会有动物爱上没有角的独角兽。"

于是神使的弃子背上行囊换上新装离开黑森林，大队动物为我饯行——当然，都是等我败兴而归的。

其实一开始要我去人类社会我是拒绝的，没想到很快就成为现实了。

在这座我落脚的边陲小镇里，人们个个心地善良，唱的山歌又好听，我超喜欢这里。白天牧羊女会唱着歌踩着晨光送羊群上山，整个小山城都笼罩在云雾和悠悠的歌声中。夜晚，人们乘坐闲置的渔船聚到湖心垂钓，举办露天晚餐。人们互帮互助，毫不猜忌。

即使是我，这样一个身份不明的外乡人也从未受过白眼。旅店的老板娘热情地为我布置了小而温馨的住处，得知我没有钱币后干脆让我打工抵债，甚至请她的儿子带我四处游览。他们从未问我从哪里来，要到哪里去，为什么一年四季前额都要盖着厚厚的刘海。

我一住就是一年，全然被质朴的人们吸引，忘却了自己要来寻找爱的目的，以及短暂如野马的三十年寿命。偶尔我想，也许在这里度过一生也很好，总好过在森林中孤立无援，受尽刁难与轻慢。某天早晨一个年轻的生命突然逝去，哪怕人形魔力消散让我变成一匹诡异的白马，村民们也只会流着泪将我埋葬。

直到他的到来。

某个清晨，马蹄声踏碎了山城薄雾。我从小窗往外瞧，只看到一抹金色呼啸而过，停在旅店门口。老板娘的小儿子蹑手蹑脚地敲门，喊我下去招待客人。

一位身着白袍的人坐在大厅的角落，身边另外几位衣着相似的人在同老板娘吩咐着什么。

小儿子低语："这可是一位顶尊贵的大人物，如果怠慢了他，我们整个山城都要遭殃。"

这一年我早已将自己看作山城的一分子，这席话不免让我紧张起来，以至于在送茶时手抖个没完，滚烫的茶水溅了几滴到我虎口处，我咬牙才没有痛呼出声。

忽然，一只骨节分明、皮肤白皙的手从袍中伸出，替我接过托盘置于桌上，指尖拂过我被烫伤的位置。

我惊讶地感觉到皮肤的灼烧感立刻减轻了："……谢谢大人。"

被笼罩在白袍中的少年轻轻摇头，摘下兜帽。

毫不夸张地说，我在他之前所见到的美在这一刻都仿若笑谈。牧羊女纯净的笑颜不值一提，异域女郎的浓妆艳抹也沦为苍白陪衬……那是怎样的一张面孔，足以重新定义在场所有人对于美的认知。圣洁、无暇、光辉万丈，我甚至不敢多说一句话，生怕惊动了眼前这幅造物主的作画。他一定相当、相当眷顾与垂青这幅作品。

他是神的得意之作，神的爱子。

"画"开口了："小姐，你还好吗？"

我捂住心口，忽然感觉到一种奇妙的情感从左心涌向四肢百骸。这股暖流如此强大以至于我误以为在那瞬间，我会长出角来。

遗憾的是无事发生。

小儿子最先反应过来，他一把将我拉到人群后弹了下脑壳："见色忘义啊你。"

我坦荡荡："你敢说你刚才没有心猿意马？"

他开始打哈哈。

为了防止再被美色耽误闹笑话，我们自发在小旅馆的后面面壁思过。直到中午老板娘向我俩交代事情经过，我才知道眼前这位不属于人间造物的少年，正是我要寻找的神使。

他自王城教廷而来，四方游历拜访，观察民生，最后一站就是这小镇。神使很中意这座山城，决定在这里度过三天，落脚点就是这座旅馆。而我的任务就是负责关照他的起居生活以及外出导游。

我的心情五味杂陈，几乎可以写篇八百字的作文。一方面是一万个乐意，为他与我同样喜欢这座小城而骄傲；一方面纠结万分，他显然没有认出我，那也是可理解的，谁知道神一生中要画多少画？也不知道他是否能为我填补遗失的角，得到角后的我是否又要回归森林。

这些乱七八糟的顾虑在我重新看到他时就被我抛了个一干二净，我三步并作两步跑过去："神使大人一路舟车劳顿，您想要先休息，还是出去走走？"

他亦很随和："在来的路上歇够了，腿脚有些痒，你带我随意逛逛罢。"

下午日头晒，他不再穿那件遮盖容颜的白袍，而是戴了一顶简单的遮阳帽就随我外出。我本来还担忧会引来不必要的围观，没想到他先安慰起我来："别怕，我施了降低存在的咒法，寻常人不会多看的。"

我笑起来："那我们现在算是透明人咯？"

他也笑："透明人不好吗？"

我忍不住说道："我以前在老家的时候总是受到欺负，每天都想变透明，如今在这里没人欺负我，也就无所谓了！"

"你曾经受欺辱吗……"他眼光微动，"总之，委屈你这三日同我一起匿身了。"

我笑得一定傻乎乎的，正要连声说"不委屈"，眼角的余光就注意到身后几个突然急躁起来、行动诡异的人。

他安抚道："是我的影卫，他们没有法术，一时跟不住我了。"

我有点疑惑："那不太好吧，他们是来保护你的。"

神使大人神情淡淡："我向上反映了很多次我能自保，不需要他们这样劳心。"

我正不知道怎么说，就看到不远处的冰激凌摊位："你既然来了我们城，就一定要尝尝我们这儿最有特色的野果冰激凌了！"

我一旦跑出他周围一米，人们的视线就重新投射过来了。

大叔亲切地问我："今天要吃什么口味的？"

我回头看到神使仍在原地笑而不语，于是豪情万丈地一挥手："每个口味都来一个！"

我拿着托盘满载而归，拉着神使兴冲冲地坐到小店的凉棚下面。后知后觉的我这才意识到他可能这辈子都没有坐过这样粗糙的椅子，不禁后悔起来。

没想到他先快我一步坐下，还颇有兴致地摇了摇凳子，注意到我的目光后不好意思地说："那么，你最推荐哪个口味呢？"

我从黑榛实口味开始，顺次给他推销了一遍。

他更是听话地依次尝过，最终真诚地说道："我是头一次吃到这么多新奇的口味。"

我忍不住得意："那在我们小镇，你一定会有很多个第一次了。"

离开冰激凌摊位后，我领着他直奔山城中心的湖泊，找渔夫借了一只小船，他坐在船尾，我熟练地支起船向中心划去。

03

日头烈，湖上又没有遮蔽，他白皙的皮肤很快微微泛红，我自责之余忍不住解释："我本来是想带大人坐一周，回来正好赶上湖上晚宴的。"

神使仰起脸："都听你安排。"

他愈百依百顺，我愈感到难过："您看起来并不舒服。"

他怔了怔："其实，偶尔这样也不错。"

说罢，他借着此时此刻，除了永恒开放的天空和湖水外无人能窥见他的作为，做了一个相当不符合身份的动作——他整个人向后仰去，将帽子盖住脸："这让我感觉活着。"

我察觉到他并非硬撑，于是放下心继续撑船，顺便为他介绍周围风景的得名原因和故事。他盖着脸看不见神情，可一直醒着，不时同我交谈。

很快夜幕降临，和计划一样，我们的渔船占到了晚宴最好的位置，热腾腾的烤鱼和鲜汤先经过我们的手往后传，之后更是占据了最佳的观演位置。

"好像是知道您的到来。"我忍不住说道，"今天连节目都是不太一样的。"

他也学着我低声细语："那我多住一些日子，是否也能看见同往常一样的节目呢？"

晚宴结束后渔船相继离开，我察觉到今晚的星星尤其好看，忍不住向他发起邀请。于是我们再一次划船到湖心，我学着他上午的样子平躺下来，周遭只余我自己的呼吸声。

今夜天晴，星星格外明亮低垂，仿佛都是为了他的到来而刻意展露出最好的面貌。船只随着风的吹拂和波的荡漾微微漂浮，仿佛巨大的摇篮似的，我半梦半醒间听见他说："搜刮民脂民膏花大价钱造的观星台，原来也比不过乡间湖泊的一条小船。"

我正准备回应他，却忍不住打了一个喷嚏。夜晚风大，连船都颠簸起来，我只穿了一件单薄的衣裙，此时更起了浑身鸡皮疙瘩。

他于是坐起身："你冷了，我们回吧。"

"气温倒是不低，就是风大。"难得夜色温柔无边，我懊恼得很，"要是没有风就好了。"

他拿桨的手微顿："……你想要没有风吗？"

我不明所以地望向他。

他在夜晚也明亮的眼睛真挚温柔："试试对我许愿吧。"

我将信将疑地望向他："我许愿此时此刻，风不要这样大。"

几乎是在我话音落下的瞬间，我感到方才还在戏弄小船的风平缓下来，温柔地拂过我的面颊。我惊喜地扑到船边，又扭头看向他："这是神迹？即使是风也可以被控制？"

他抚掉额前汗珠，疲惫地眨眨眼："这就是我存在的意义。"

我敏锐地察觉到这份许愿并非天降午餐，忍不住皱眉："您不应该为这样的小事耗费魔力！"

他抬手抚平了我皱起的眉："别担心，我在王城每天要应对大大小小百来起请愿：金钱、健康、爱情……我就是为此而来到世上的，你不必担心我。"

那个夜晚，也许因为我是他多年前的笔下造物，由他的魔力而生，出于神使和他的"孩子"之间的共鸣，他对我倾诉了许多事。譬如，多年前神明四分五裂，化作流星向人间品质至高者砸去。他得到了神明的碎片，从此以后获得了神的部分力量，成为一名神使，直到力量耗尽，不得擅自请辞。

"我接受神的旨意来造福人民。"他总结，"满足各位的心愿是我的唯一使命。"

我对此很不赞同："那不会助长人的贪婪和无为吗？"

"更何况……没有谁生来是为了满足他人的愿望而存在的。"

他眼神明灭地望向我，忽然撩起我厚重的刘海露出那个胎记："你不想要我为你添上角吗？"

我一时悲喜交加，原来他早就认出我了——原来他以为我做这一切是为了我的角吗？

我很严肃地把他的手拿下来："您不应该这样揣度我，我只是见色起意才这么殷勤。"

他愣了片刻，而后笑起来，与此前的抿嘴笑不同，是几近放肆的那种。笑声回荡湖面："好吧，不过你的情况略有不同，我也找不到当年的画布与画笔，恐怕你有此意我也无法满足了。"

我一语不发，我们没有再谈起有关角的话题。

第二天一早，我等候在大厅。他款款出现，神情寡淡，仪态端庄，仿佛昨夜那个笑得前仰后合的人从未存在过。

我微微欠身向他伸出手："开始我们今日的旅途吧？"

我们从世人的眼皮子底下悄悄地溜走，为他的影卫像无头苍蝇一样懊恼的神态而乐不可支。同时他不被世人看见，也就不会获得请愿，只为自己的快乐而快乐。

我在这一瞬间忽然明白，这是一场他给自己放的，三日不足的悠长假期。

上午我们游览了小镇的跳蚤市场，这里最热闹不过，各式各样新鲜的小玩意被各地的商人带到此地，用最合算的价格就可以获得。两小时后，一串手工贝壳链已经挂在了神使的手腕，在走路时会发出叮当的脆响。

他为我挑选了一串额坠，并在内注入了一定的神力。因为市场人多，我们难免会被冲散开，要花费许多时间来寻找彼此。有了他触碰过的额坠后，我随时随地可以感受到他的方位。

午间我们在当地一家以烩饭闻名的餐馆大开吃戒。一开始他只是看着我吃，可能我熊熊燃烧的干饭魂点燃了神使，最终他也加入了战局，吃完后居然还打了一个小小的饱嗝。

他摸着微微鼓胀的肚子露出茫然的神情，好像饱腹感有多新鲜似的。

我并不懂他的神情，只是那个饱嗝给我注入了新的动力。

我说："我想带你到湖对岸的山上去。"

他说："那我们就去。"

04

这是个冒险的决定。

那座山严格意义来说并不在小镇的管辖区内，一切都是未知，我曾经在乡镇大叔们的带领下上过两次，而且都是在白天。

也许是因为有神使在身边的缘故，我的勇气莫名膨胀起来。我只想在夕阳燃尽之前带他在山上俯瞰整座小镇，让他记住这里，记住只属于他的假日，记住我。

神使的一生实在太漫长了，他此后还会见证数不尽的奇景，说不完的传奇。我必须呈上我能给出的最好，才能在他心尖留下浅浅的一道痕。

然而这是我做的第一个错误决定，第二个是我说，"山间无人，你的影卫也被我们远远甩在后面，你可以解开那个咒语了。"

我们一路兴奋得有些过了头，这是我头一次进山这么深，更是被周遭的奇珍异草吸引了目光。在我蹲坐在地上分辨着花草时，他也弯着腰在我身边为我帮忙，全不顾手指被花的汁液染上了红色，白皙的脚踝有了泥土的湿痕。

困倦了，我们就齐齐躺倒在草叶里，能感觉到泥土的一呼一吸，金色小虫扑棱翅膀从耳边呼啸而过，我转过头就能看见他的侧脸，睫毛颤抖如金色的鸟羽。

在那一瞬间，我恍惚有种错觉：我不是寻找角的独角兽，他也不是至高无上的神明。无关弃子与爱子，只是两个外出躲避人间喧嚣的孩子，在山间打闹嬉戏，挥霍时光。如果一生只有一百年，那么也许我的三十年与他的一千年，和常人活一百年也相差无几吧。

我突然开口说："这不是个许愿——可我愿意用很多魔力让你来记住此时此刻。"

他喃喃自语："还从未有人为我许愿。"

"即使为你许愿你也无法拒绝，这很不讲道理，是不是？"我伸了个懒腰捡起木棍继续蹦跳，"但这是可行的。"

也正是因为过分得意忘形，当山中的强盗悄无声息地劈向他的后脑时，他才没有反应过来。

"蠢货！"那个首领模样的男人握住神使的脸仔细端详，而后向属下发落，"这么漂亮的脸蛋，砸坏了可损失好大一笔金子！"

我看见血液从他的后颈缓缓滑过皮肤，心中一阵紧绷。

这都是我的错。

我知道影卫就在不远处，正当我准备张口时，看到他动作极微弱地摇了摇头。

"这个丫头怎么办？"一个男人扯着我的头发向后拽，"碍手碍脚的，埋了算了。"

我应该感到害怕的，但是我来不及反应，对方就已经高高举起刀。在寒光穿破我喉咙之前，我能感觉到温热的血液浇了我满头满脸。

神使硬生生扯断胳膊挣脱了桎梏，他向外冒血的身子挡在我面前，那把银刀扎透了他的小腹。

他云淡风轻地吐了一口血，往前走了两步好让刀子滑出。破败的衣衫下，划开的皮肤和肌理快速愈合，直到崭新如初。

"诸位。"他站在遍地血泊中，却宛如一个新生儿。

他转过身向着脸色苍白的一行人："如你们所见，我并非常人。无论你们尝试多少次，我也无法死去，又何苦花费这个功夫。"

山寇落荒而逃，神使还不忘在他们的喉咙里塞了个噤声咒。

我仍然瘫坐在地上，他俯下身，用衬衣干净的布料擦拭着我脸上的血污，我忍不住伸出手，颤抖着抚摸他似乎毫发无损的小腹。

他的声音极轻柔："吓到了？你看，神使也许与怪物无异……"

我哽咽："你，难道不痛吗？"

他将我扶起来，我们一路往森林外走去。

"痛多就习惯了。"我们坐在夕阳包围的一块石头上，他的声音缥缈如烟，天真又残忍，仿佛在诉说千里之外的另一个人的事。

在他的转述中，我终于听到了他过往的百年是如何度过，不得解脱。

白天他耗费精力神力，评估王城络绎不绝的人的请愿并满足。夜晚是人丑恶的遮羞布，早已经变质的教廷畏惧神而渴望神的力量，利用着神不可伤害世人的铁律，肆无忌惮地在他身上做实验，试图从他的血液、器官中得到他的力量，计算他的再生速度，估量他的剩余价值。

神使没有柔软舒适的床，不需要一日三餐。他睡在冰冷的手术台上，从一场又一场失败的实验中走下来，走进他的华服，走进他柔软的高座里。

他吃着人类的贪婪、懊悔、腐烂，又回馈缤纷的蝴蝶，说："向我许愿，挖空我，然后放过我吧。"

我终于明白为什么他厌恶那群以保护之名寸步不离的影卫，因为他们知道世上没有东西能杀死神使，他们只是不允许他逃走。

我的神使不是被神明偏爱的孩子，他才是一个真正的弃子。

而悲哀的是，他自己也接受了这个事实。

当他以极平淡的语气诉说完这一切后，连黄昏都用黑云为巾，掩面而泣。

无尽的黑暗与雨水笼罩在我们身上，我感到彻头彻尾的冰冷，那是一种直抵骨髓的寒。

神使轻轻说："你长出角了。"

我长出角了。

原来世上最大的魔力不止来源于爱，更来源于仇恨与哀愁。这些晦暗不明的阴霾积攒起来，填满我的心肝脾胃，最终——我在无尽愁苦的深渊里，长出角了。

他受过的苦痛喂养了我。

我如今也是一只通体雪白，美丽无比，如夜中流星般的独角兽了。

这不讽刺吗？

"今晚太冷了。"他抚摸着那个新生的螺旋角，雨水落在他的脸颊上，仿佛是在代替他的泪水，"我们回家吧。"

o5

窗外雷雨大作，我一夜无眠。

我从未想过角的到来如此轻易，又如此沉重，它是在阴云密布中到来的，在我的神再一次血流满地后才到来的。而我曾经无比渴望拥有的力量，如今显得像个笑话，这力量让我过分清醒，甚至连梦都做不出来。

他也是这样，在清醒的疼痛中度过了一千个日夜吗？

第三天，也是神使假日之末，反而是我来迟。

我到时他已经坐在位置上，而那几位只在第一天短暂出现过的白袍人站在他身边，似乎在谴责他这两日无法无天的行为。

那一瞬间，我几乎想用我新长出的角捅穿他们。

如果他是空的，我应摘空他人来填满他。

可在我有所作为前他就注意到了我，微笑着遣散了旁人："我的假日缩水了，吃过早饭就要回王城。倘若以后有机会……"

我摇了摇头："神使不可轻易许下完不成的诺言。"

他看了我一会儿，眼神聚焦在我的额前，突然开口："你知道吗？你的角，当时是我刻意不画的。"

我有点惊讶地抬头："为什么？"

"在人的传说故事里，独角兽极稀有珍贵，血液可入药，角可以解毒。人们用处女为诱饵，独角兽只会为她们的气息而到来，并且枕在她们膝上睡觉。这时候，捕猎独角兽就变得极容易。百年前有一只独角兽就是这样死去的，他的角变成了国王的酒杯。"他娓娓道来。

"我那时太天真。只是以为这样，就可以不让你和那些少女成为工具。"

我读懂他未出口的话：我不想你重蹈覆辙，我想你只为自己而活，做一匹生命短暂但快活的银白色小马。

使团的其他人再一次进来，毕恭毕敬地提醒时间到了。他最后深深看了我一眼，在众人的簇拥下坐进了那辆车，正如同来时一样神秘，一样一袭胜雪白衣。只是我知道，那白不久后就会被红色涂满，他的假期结束了，又要回归牢笼里。

我仍然久久震惊于他的话。

原来自始至终，我都是在一个人能给出的最美好的寄望中诞生的。

我不是神使撂笔的弃子，而恰恰相反——我是因为爱而失去了代表力量灾祸的角。

等到那一抹流金滑过窗口，我才忽然意识到，颠倒我多年来的观念，带给我无尽温柔的人就要离开了。不久后他将被带进尔虞我诈的王宫，有高高的围墙和重重士兵把守，而真正禁锢他的是人们的贪欲，一把无解的锁。

天呐，这千年来，竟然没有一个人为他需要吗？

我也许再也见不到他了，只有靠着他留给我的那个坠子，感受他在千里之外的夜晚是如何痛苦地喘息。

在我的大脑处理悲伤之前，我的身子显然更快一步。

在老板娘小儿子砸碎碗的"咣当"声中，我感到身体变得轻快无比。我自由变幻，如烟般滑过窗口，如闪电般追平了驶向远方的马车。卫兵的长枪奈何不了我，我感觉不到分毫疼痛，我只是跑着，跟随着车队。

马蹄声的增加逃不过神使的耳朵，车厢里一阵喧闹后他推开车窗，毅然探出大半个身子。

我能感觉到他的手温柔地拂过我的脸颊和鬓发。

我问他："什么愿望都可以向你许吗？"

他说："当然，许个愿吧。"

我说："我要你用余下的所有力量，从神降职为一个普通人。这是我的愿望，你无从拒绝。"

从他眼波流转，终于可以流下眼泪时我就知道，这个愿望是行得通的。

他继续问："即使变成普通人后，受到刀刺火烧会受伤？即使变成普通人后，会变丑变老？会因爱与别离痛哭？"

"即使。"

我的神使在话音落下的瞬间失去力量，他变成了凡人，无法再在颠簸的马车上以这样危险的姿势站住脚。

他在坐回车厢和跌出马车里选择了后者。

而在摔断脖子前，我接住了他。

06

这座边陲小镇名声大噪，不仅因为风景优美，居民纯朴善良。

更是因为那一天——

世上仅有的独角兽来过这里，接走了一位平平无奇的少年。

午夜精灵

月亮是蓝色的

星星可以被珍珠替代

这个夜晚是奶油味的甜

夏夜的玫瑰女孩

接下来该飞去哪里

掌心里有写好的答案

MEIGUI · 玫瑰 · 尤莉斯

午夜飞行

文/南贺川前

非著名相声表演艺术家，对做梦略知一二。

01

五月的太阳还很温柔，光融在微风里，给花园漾起金色的涟漪。一朵开在窗口的玫瑰扭动着腰肢，恰似一团热情的火焰跳跃着。

它好像很开心的样子，它每天都这么开心。

小玫瑰一边在风里跳着弗拉明戈，一边吟诵着："Shall I compare thee to a summer's day——"

"欸！"吟诵声陡然转了个弯，"老鸟！老鸟！劳伦斯家那只骚包鹦鹉又在唱情歌！"

"啊，老鸟！它又骗了一团面包屑！"

小玫瑰的花枝往窗户内探了探，颇有些急切，仿佛无端一阵风把它的脑袋当成了球往里灌。劳伦斯家的骚包鹦鹉唱的情歌没听到，这朵小花倒是挺吵的。

"闭嘴。"窗户里，更深的室内，阳光没有直射到的角落处，传来一道不耐烦的声音。

"可是骚包鹦鹉它——"

"闭嘴。"还是这两个字。

小玫瑰闻声耷拉起脑袋，跟晒蔫了似的。不让说话，它就有点不服气了，但是又不太敢违背老鸟，于是它就开始扭，扭着扭着扭出了节奏，蹦迪似的。

"……"室内隐约响起一声极细的叹息，"我不想听鹦鹉的事。"

"啊？可是老鸟，是你让我时刻报备外面的情况呀，我还以为你玩暗恋呢。"

"不好意思，它不是我的 type。"

"……"这次轮到小玫瑰无语了。

"还有，最后一次警告，别叫我老鸟。"窗内的声音冷冰冰的，生硬得很。

"行吧。"小玫瑰叹气，"那老铁，不看那鹦鹉你想看谁？"

"闭嘴！"

小玫瑰十分心累，它觉得这两天，老铁的心思格外难猜，它很有理由怀疑老铁是不是又卡住了，毕竟老铁总是卡。老铁是一座不知道有多少年历史的古董钟里的机械报时夜莺，报时从来不准，还时不时卡住，小玫瑰每天都担心老铁会分分钟变成废铁。

至于为什么跟老铁的关系如此铁，这源于一段缘。

十天前的那个夜晚，小玫瑰还是个刚冒头的花骨朵，没见过世面。它在夜风里抖啊抖，忽然听到了一声呼唤，从黑黑的窗户里飘出来："小朋友。"

小朋友差点儿吓枯了。

"你抬头看天。"那声音自顾自说着。

"啊？"

"那里是不是有个饼？"

"……什么是饼？"

"……那不重要。"声音顿了顿，"你看那个饼，是不是又大又圆？"

"是的吧。"

"那叫月亮。"

"？？？"

"你再看——"

"不，我不看！"小玫瑰生来桀骜，这种半路杀出来教它做事的家伙，它不屑！

"……"长久的沉默，对方好一会儿才又出声，"求求你，看一个吧。"

"你谁啊？"

"莺！莺！莺！"重要的事，必须强调三遍。

嘤嘤嘤？突然卖萌？小玫瑰不好意思了："那行吧，我看看。"

感情就这么给聊出来了。

老铁差不多是块废铁了，但是只好鸟。小玫瑰初来乍到，不懂的事全是老铁科普的。一开始小玫瑰还奇怪老铁在古董钟里怎么能知道外面世界那么多事，可一问，老铁就开始装鸽子，一个劲地"咕咕咕"。

老铁似乎特别喜欢和它交流窗外的世界，总找话和它讲，小玫瑰一度怀疑老铁是想当它爸爸。

孤寡老人真可怕。

上周开始，老铁的话渐渐变少了，话题也慢慢重复起来。小玫瑰原以为这是老年痴呆的初步症状，却听老铁用颇为萧索的语气说："小玫瑰，帮我看看外面的世界吧。"

原来，老铁的世界就这么大啊。

于是，"风情俏玫瑰带你看世界"栏目由此展开——小玫瑰每天都把看到的情景转述给老铁听，而这时的老铁总会很沉默，就像是沉浸在了它的描述里。

可能是这两天外面没什么新鲜事，所以老铁伤心了？孤寡老人可真难哄啊。

小玫瑰使劲蹿了蹿，想看到更远的地方，蹿完它就呆住了，好一会儿才惊叫出声，声音带着狂喜："我的老天爷，我见到世面了！"

02

要不是事实就这么发生了，小玫瑰也不会意识到，原来自己是一个如此深刻的颜控。它远远地眺望到了一位帅哥，看样子，似乎是位吟游诗人。

"老铁！我！坠入爱河了！"小玫瑰亢奋地叫着，花叶也跟着挥舞起来，"世间竟有如此美貌的男人！"

"咔嗒。"回应小玫瑰的是一声利落的脆响，它估摸着老铁这是卡着了，并且卡得有点狠。但这不重要，小玫瑰只觉得自己的花心大开，花蕊克制不住地战栗，像是再次绽放了一遍！

"上帝在给他捏脸的时候，绝对把魅力值点满了！"

"咔嗒。"老铁又卡了一下。

"哦，这宛若天神塑像般的容颜！"

"咔嗒咔嗒。"老铁卡疯了。

"这就是爱情吧，伟大的爱情！"

"你个玫瑰花懂个屁的爱情！"老铁终于缓冲结束，爆发出声嘶力竭的怒吼。

老铁对于小玫瑰有了心上人这件事似乎十分抵触，大概所有老父亲都是这样的心态吧，小玫瑰对此表示理解，但是让它断情绝爱，不存在的。小玫瑰是真的喜欢上了吟游诗人，一见钟情，相当上头。

吟游诗人恰好在离花园不远的一家旅馆入住，每晚，他都会倚着窗户，在月光下弹奏着小竖琴，浅唱着没人能听懂的诗。但小玫瑰能听懂，它说诗人在缅怀他逝去的爱人，他是那么的深情，那么的迷人。

它不忍心让他这样沉沦，它想去救赎他。

"你这是带了滤镜自我脑补的。"老铁不放过任何一丝泼冷水的机会，势必要将爱情火苗浇熄。

"你懂个锤子。"

小玫瑰生气了，它和老铁大吵了一架。

"你才多大啊，你知道什么是爱吗？"

"我懂啊，你凭什么说我不懂，我不懂你懂吗？"

"我当然比你懂，我比你活得久多了！"

"我比你见得多，我至少能亲眼看见我爱的是谁！"

"咔嗒——"

小玫瑰和老铁冷战了。

03

夏天的雨总是说来就来，没有丝毫预兆，在小玫瑰和老铁冷战的当晚，老天就十分会看气氛地变了脸。

暴雨如注，把花园里的花打落了一地，砸进了泥巴里，成驳杂的颜色。小玫瑰也低下了头，在风雨里湿淋淋的，摇摇欲坠。

早几天，它还是整座花园最靓的崽，没有比它更好看的玫瑰，也没有比它更臭美的小花了。可现在，它垂着脑袋，一点也不在乎自己的狼狈。

吟游诗人在雨落之前便坐着马车离开了，朝着东方而去，小玫瑰将他的模样深刻在记忆里，它不想忘记。

"老铁，我想去找他。"小玫瑰的声音很轻，很快就飘散在风雨里。它并非一定要老铁听到，它只是想说出来，憋在心里的话，也许很快就会腐烂，就像那满地的落花。

"可是我是朵花呀，我不能找他，我的根系在这片土地里，我离不开这里啊。"小玫瑰低声说着，伴随着细小的呜咽，"他也不可能知道，有一朵玫瑰花，喜欢着他。"

"就这么喜欢吗？"老铁还是听到了。

"我只有这一个月的夏天啊……"那样美好的人，轻易就占满了我的夏天。

冗长的沉默使得落雨声分外清晰，每一粒雨滴坠落，它就好像离地面更近了一点。时间似乎过了很久，久到雨声渐息，小玫瑰听到了老铁的叹息声。暴雨的水汽厉害至极，小玫瑰觉得老铁的声音都生锈了。

它听见老铁一字一句道："小玫瑰，你可以去找他。"

04

午夜精灵。

只要变成午夜精灵，它就能重获新生，去到它想去的地方。当每一次满月时，对着月亮虔诚许愿，月神就将为心灵至纯者降下永恒月华，让其成为午夜精灵。

那是生命的蜕变。

尽管自此只能在午夜出行，可那又怎样呢？比起囿于一寸天地，能够在午夜遨游，已经很好了。

小玫瑰问老铁它是怎么知道这些的，老铁却跟从前一样，除了"咕咕咕"，别的什么也不说。

，三天后，满月夜。

"如果他不喜欢你，你就，就拿花粉熏他，把他熏到过敏！"老铁在房间幽暗的角落里，一遍又一遍地唠叨着，"不会有比你更好看的花了，世上怎么可能会有比小玫瑰更好看的花呢？他一定会喜欢你的，没有人能不喜欢你。"

小玫瑰沉默着，没有像往常一样回应老铁。它好像很久都没有跟老铁拌嘴了，从那次吵架开始，"风情俏玫瑰看世界"栏目也停播了……小玫瑰忽然觉得好难过，比要枯萎了还要难过，像有人在一片片掰它的花瓣，把它掰秃了。

老铁还在念叨，半点儿没有卡壳。

"啊，我说的太多了，你要等不及了吧。"老铁似乎轻笑了声，"快许愿吧小玫瑰，你要自由了，快去追寻你的爱人吧。"

"老铁……"小玫瑰回头往窗内望，可屋里漆黑一片，它根本看不见老铁。

屋内没有灯火，月光也十分吝啬，老铁看不到月亮。

"快许愿吧小玫瑰，你一定能心想事成。"

小玫瑰深深看了眼屋内，最后回头望向天上的月亮。

永恒的、神圣的、纯洁的月亮啊，我的心愿，你能听到吗？

小玫瑰久久地仰望着明月，内心一遍遍祈求着。

月亮啊，你能听到吗？

似是终于听到了小玫瑰的呼唤，月光在这一刹盛了许多，一道银白月华自天而降。

它降临在了小玫瑰身上。

05

"不！！！"

漆黑的屋内被突如其来的月光点亮，古董钟里的机械夜莺发出歇斯底里的吼声。

老铁眼睁睁地看着永恒月光降临在小玫瑰身上，把小玫瑰照得仿佛一盏盛满了红酒的玻璃杯。也就是那一瞬，"酒杯"绽开了，露出了里面琉璃一样的心脏——那是一滴水珠，被小玫瑰藏在花蕊里三天后仅剩的最后一滴水珠。

水珠折射了永恒月华，将其精准地投到了漆黑屋子里的那只老旧机械夜莺身上。

"嘎吱。"

仿佛生锈的齿轮经年后复又转动，机械夜莺僵硬地动了动翅膀。

"咯，咯，咯。"

它飞起来了。

这一刻，它打破了古董钟的束缚，生平第一次，飞起来了。

它成了一只自由的"夜莺"。

老铁跌跌撞撞地飞到窗台前，落到小玫瑰身边，沙哑着嗓子。

是的，它的嗓音不再带着生锈的质感，即使沙哑，也有活力多了。

它问："为什么？为什么要把光折射过来？为什么！"

小玫瑰的花瓣颤了颤，不是怕的，它是在笑，鲜红的花瓣在月色晕染下，分外温柔。

它笑着说："没关系啊，我撑一撑，还能等到下一个满月。可是老铁，你见不到月亮啊。"

它的夏天只剩几天了，可是老铁还有无数个夏天，以后只有它一个人，该多难熬。

老铁愣住了，忘记了要说什么。或许，它是不知道该说什么。

玫瑰花的花期很短，只有短暂的一个月，短到甚至不能拥抱完整的盛夏。

如果，小玫瑰撑不到呢？属于它的夏天，还能有几天？

明明已经成了午夜精灵这样的存在，但老铁却仿佛被重新铸成了铁。它一动不动，直到听到小玫瑰轻声说："老铁你记得吗？你第一个教我认的，就是月亮。"

"你总让我讲外面的世界，即使是相同的内容，也忍着脾气听。"

"你的脾气可太臭了，要是一直重复单调的风景，你肯定会疯得把自己卡死。"

"老铁，你去看看世界吧，真正的世界，用自己的眼睛看。"

小玫瑰想用枝叶碰碰老铁，又怕刺伤了它，便朝它微微俯首，亲昵又陌生。

定格的机械夜莺仿佛于此刻注入了灵魂，它忽然衔住了小玫瑰带刺的茎，声音模糊："小玫瑰，我带你去找他。"

这是一个漫长又短暂的仲夏夜，一只机械夜莺叼着一根带刺的玫瑰，朝着东方飞去，披星戴月。

它们飞过月光下墨蓝色的群山，掠过宝蓝色丝绸般的湖泊，跃过一座座静谧的风车……它们身上是漫天的星斗，缀成了银河；身下是错落的城镇，簇成了烟火。

累了或歇于钟楼塔尖，或栖于月桂树梢，在拂晓的第一缕曙光中停留，看初升的太阳；在黄昏的最后一片晚霞中起航，追梦里的影子。它们翱翔在天地之间，是午夜里最自由的行者。

夜莺和玫瑰第一次知道，原来世界不止是窗户外的那一片。原来，世界竟然这么大。

"老铁，停下吧，就到这里吧。"晚风中，小玫瑰轻轻开口。

这一路飞来，小玫瑰也没想过，折断后的自己竟然能活那么久，但它知道它只能到这里了——它的花茎已然枯黄，叶子凋落，连花瓣也只剩最后一片了。

它原本有很多花瓣，在飞行途中全都一片片掉落了，它让老铁将掉落的花瓣送给了许多人：有教堂里被牧师祝福的恋人，有产房里伟大的母亲和新生的婴儿，有戍守堡垒的士兵，有给孙子做玩具的老木匠，甚至有广场上捉偷香肠小贼的机智小狗……

这么多可爱的人啊，虽然没有一个是它的诗人，但小玫瑰觉得已经足够了。

"老铁，我只剩最后一片玫瑰花瓣了，它的颜色变得好深啊，还有点枯了。"小玫瑰小声说着。

机械夜莺扇动翅膀的频率变低，它想听清小玫瑰的话，它得找地方停下。前面那座教堂，那扇彩绘玻璃穹顶，就那儿吧，它迫切地在那里停下。

"老铁，我真的秃了……"小玫瑰的声音忍不住有点委屈，"我好丑啊。"

机械夜莺轻轻地放下玫瑰，一根枯枝玫瑰。它用不知名蓝色石头镶成的眼睛，定定地盯着小玫瑰。

"我把最后一片花瓣，送给你吧？"

"不要。"

"为什么？"小玫瑰生气了，"嫌我拿不出手？"

"你讨厌秃头。"

"……"小玫瑰好想哭，但是它只能干枯。

小玫瑰瞪了眼老铁，最后愣愣地望向天空。

果然是盛夏的夜空啊，天上繁星似锦，好漂亮，它已经拥有了这样的夏天。

小玫瑰低低笑出声来："你不要也得要。老铁，我的夏天要结束了。"

"你去找你的鹦鹉吧，叼着我的玫瑰花瓣，找个漂亮的鹦鹉老伴。"小玫瑰的视线渐渐模糊，天上的星星一颗颗晕成了团。

它好像在慢慢失去意识。

"不会结束。"

小玫瑰以为自己听错了，但下一秒，它倏地清醒。它萌生出一种强烈的预感，这让它十分恐慌，努力睁眼去看老铁。

"小玫瑰，你还会有无数个夏天。"

它用尽全力去看，看到了星光下，它无比熟悉的机械夜莺，用自己的喙，狠狠地、毫不犹豫地啄进了自己的心脏。

温热的、浓稠的、泛着金芒的液体汩汩流下，浸染了它。

机械夜莺把自己的心脏给了小玫瑰。

它说："我就送你到这啦！小玫瑰，以后你只能自己飞啦，快去找到你的诗人吧，这样你就不再孤单了。"

07

旺盛的生命力顷刻间涌入，小玫瑰头一次感觉到如此鲜活的力量在自己的体内跳动，"怦怦，怦怦。"

它是玫瑰，也不再是玫瑰了。

它拥有了一颗心脏，成了新的午夜精灵。

随着生命力涌入的，还有一段久远的、属于老铁的记忆——那时的老铁脾气没有那么轴，反倒有点害羞，是只单纯的机械夜莺。

这是它第一次卡住。

就很奇怪，明明是进行过无数次的动作——从古董钟里出来，叫一声，再回去——多简单的事啊，怎么会卡住了呢。

好尴尬……还好没人看到……

"扑哧。"突兀的一声笑，机械夜莺顿时毛骨悚然，虽然它没有毛。

"咔哒。"它想回去，偏偏卡得死死的。

"扑哧。"还笑！

它僵硬地用眼角余光往笑声处看去，瞥见了一朵玫瑰。

窗外的太阳应该很大吧，不然光线怎么如此耀眼，它感觉那朵火红的玫瑰被描了一层金边。

看起来比它有钱。它虽然是金黄色的，但不是黄金做的，而窗口的玫瑰看起来光芒万丈。机械夜莺慌了。

"小夜莺，你是卡住了吗？"玫瑰不笑了，它和自己讲话了，可是为什么这么可怕，玫瑰为什么要找我讲话！

"咔哒！"它卡得更死了。

"你是无聊了吗？"它还问！

"……"

"我可以跟你聊天哦，我看你每天都是一只莺，好孤单呀。"

"不！"我才没有孤单，孤单是什么？

"好吧，那就是我，我一朵花好无聊啊。小夜莺，我们聊聊天好不好呀？"

"我不是小夜莺，我比你大。"它可是古董钟里的元老了，一支刚开花的玫瑰，凭什么叫自己小夜莺？

"唔……可是你就是小夜莺啊。"玫瑰好像又笑了。

好生气啊，它真的要生气了，它要骂人了！

"唉，你知道今天的云是什么样的吗？"

"……"云是什么？

"好像绵羊啊，软乎乎的。"

"……"绵羊又是什么？好吧，机械夜莺承认，它想知道。

"我不知道。"机械夜莺小声嘟囔。

"那我告诉你呀。"

机械夜莺头一回知道，世界上竟然有这么多话的玫瑰，虽然它也没跟别的谁讲过话，但它真的好话痨啊，看到了什么都要跟自己讲。它说的窗外绚丽多彩，跟房间里一成不变的死板完全不一样。好烦，它为什么知道那么多！

可是机械夜莺只敢偷偷埋怨，它其实很期盼听到玫瑰讲话，要是能再多讲点就好了。

它开始每天卡，一卡卡一天。

它瞥见窗外那朵娇艳的玫瑰，感觉世界都变成红色了。

可是有一天，玫瑰说它坠入爱河了，它爱上了花园里新搬来的一座雕塑。

爱？什么是爱？

机械夜莺不懂这种玩意儿，它只想有个话搭子。不得不承认，它已经被话痨玫瑰带坏了，每天只想唠嗑，唠唠窗外的世界，它没见过的世界。

然而事与愿违，玫瑰没心思和它讲话了，它每天沉迷看雕塑，完全忘记了它的话搭子。机械夜莺很烦躁，直到有天晚上，玫瑰神秘兮兮地跟它说："我们可以在一起了。"

"大卫说，只要变成午夜精灵，我们就可以在一起了！"

那是机械夜莺第一次看到玫瑰如此高兴，为了心心念念的雕塑。

它忽然觉得身体里某个地方锈掉了。

玫瑰把午夜精灵的奥秘告诉了机械夜莺，说它和大卫约定好了，要在满月的那晚一同向月亮发誓，让永恒月华借助水珠降临到彼此身上。

机械夜莺不能理解，为什么要降临到对方身上，自己变身不香吗？

玫瑰却说，这就像人类婚礼上的交换戒指一样，是永恒之爱的证明。话已至此，机械夜莺也阻止不了，虽然它十分地想阻止。

可是为什么要这样想呢？它就要变成精灵了，不会再凋零了，它就要去拥抱幸福了。这不好吗？它该送上祝福呀。

机械夜莺没再说话，也不卡了。

直到那个满月。

大卫的心不诚，只有他自己变成了人，于是他跑了，头也没回地抛弃了玫瑰。

机械夜莺觉得自己就要气炸了，它"突突突"地从古董钟里弹出来，想去啄死大卫，可是它飞不出去，它根本不能飞。它磕磕巴巴地想要安慰玫瑰，却连话都说不清楚。

月光下，玫瑰回过头，轻声对它说："小夜莺，我本来想在成为午夜精灵后就把你从古董钟里放出来的，这样你就能看到月亮了。可是我失败了，花期也要结束了，我以后不能再跟你聊天了。

"对不起啊小夜莺，我要离开了。"

说什么对不起啊！你对不起谁了啊！机械夜莺想怒吼，可是它气得失了声，只会笨拙地在古董钟里来回"突突突"。

"你等我哦，虽然我即将凋零了，可是我的根系还在，我的花瓣落入泥土，然后在下个夏天归来……我永远都在。"

玫瑰的最后一句话，深深地刻在了机械夜莺的心里，可那么多个夏天过去，它再也找不到可以跟它唠嗑的玫瑰了。

连长到窗台边的，都没有。

08

"对不起，对不起，对不起，对不起。"小玫瑰捧着机械夜莺。

它成了午夜精灵，可是它救不了夜莺了，机械夜莺的身体碎成了一片片，金属的色泽在星光下冷硬得毫无温度。

"小玫瑰，你道歉什么啊？"还剩个脑袋的机械夜莺艰难地睁眼。

"对不起，对不起，我不是你的玫瑰，对不起……"小玫瑰的泪水落进机械夜莺蓝宝石一样的眼睛里，又滑了出来，滴在了彩绘玻璃的穹顶上。

"小玫瑰……"机械夜莺想伸出翅膀为它抹眼泪，可它的翅膀也碎了，擦不了眼泪，"别哭了。"你哭起来，就不像它了。

"可是，可是你还没有见过世界！"

"傻瓜……我已经看到了……世界啊……"在每个花开的夏季，那永恒又变化多端的窗外，还有这一路的飞行，这就是我全部的世界。

它是很好，很好的世界。

"你要嫌不够，就替我再看看，好吗？"

"好。"

精灵邮递员

我给你寄的玫瑰

在来的路上

邮递员身披铠甲

骑着独角兽

用指甲撬开矮人家的门洞

猫着腰钻进巨人家的门缝

送蘑菇味的糖果

烟火味的陨石项链

翻过晶簇森林才能找到你

叩开你的窗户

吻会比玫瑰先到

深夜甜点·尤莉斯

文/桥泊

脑洞百出的人间观察员，喜欢写故事，更喜欢看春天。

住在林书稚楼下的新邻居有点怪，他总是昼伏夜出，没有任何朋友，也从来不见他的父母；坐林书稚后面的转学生也有点怪，他总是独来独往，是个没有存在感的透明人。更奇怪的是，这两个是同一个人。

01

林书稚死也没想到，入了挑剔亲妈眼的房客竟会是自己的后桌同学——陈寄。

跟她的惊诧比起来，陈寄显得相当淡定。他好像一直都是内敛的，在学校时也总沉默着。在这儿同她见到，也没多看她一眼，漂亮的眸子里没有什么情绪。

林书稚转身，暗暗猜测他是不是根本就不认识自己。

陈寄抬眼叫了一声阿姨，嘴角向上扬起，眉眼随之一弯，原本淡漠的眼眸瞬间盈满水光，语气温和中带着些不容置喙的强势："我们该签合同了。"

　　林书稚听得云里雾里，陈寄这句突兀的话让人迷惑。

　　然而更加令人匪夷所思的是，原本因为陈寄没有监护人而坚定拒绝他入住的林母竟然雀跃地说："好呀好呀。"

　　不知道是不是花了眼，林书稚好像看见陈寄的脸上有半透明的淡蓝色花纹，从右边额角走至眼下。等她集中注意力准备看个究竟时，那纹路又消失了个无影无踪。

02

　　林书稚最羡慕的人就是自己后桌。全班四十五个人，他稳居二十三名宝座，连续几年所有科目都考了及格线，多一分、少一分都不曾有过。

　　林书稚觉得自己可能遇见了传说中的"顶级控分学霸"。

　　但当她和小姐妹们八卦的时候，她们总是一脸错愕："陈寄？我们班有这个人吗？"

　　林书稚比她们更惊讶："当然有呀，是我后桌。"

　　大家的记忆这才被激活，后知后觉地应道："哦，对，陈寄。长得还很好看，对吧？"

　　太奇怪了。

　　陈寄是高二上学期转来的。跟班上大多数男同学不一样，陈寄干净得有些过分。他的脸很小，五官精致得像画作，长手长脚单薄瘦削，就连那套老土的蓝白校服穿在他身上都变得熠熠生辉起来。

　　林书稚见他第一眼就惊为天人，像是闷热的夏天里吹来的习习凉风，驱散了心头的烦躁只余下满腔欢喜。短短一天里，她回头问他借了无数次橡皮，弯腰捡了无数次笔，就为了满足那点小小的私心。

只可惜，后来的陈寄就开始了趴桌子睡觉的日常，那些曾对他发出过惊艳赞美的同学们也渐渐失去了兴趣，陈寄从刚来的焦点人物变成了班里最默默无闻的一个。

老师也好，同学也好，再没有一个人提到他。

林书稚一度怀疑是不是自己出了什么问题，或许陈寄这个人根本就不存在，只是自己臆想出来的完美主角，可又总能找到一大堆浅显易懂的证据，证明陈寄是真的存在。就好像大家总把他忘了，真的只是因为他太内敛了一样。

林书稚暗暗心动，一个漂亮又神秘的男生，多么像小说里出现的金手指男主角啊。她郑重地将陈寄写在小本本上，把他视作自己故事里的"男主角"，更试图通过细致入微的观察侦破其中的所有古怪。

这不观察不要紧，一观察……她发现了陈寄的秘密。

热心肠的林母包了饺子，非要给陈寄送去，说是"小小年纪一个人住肯定有不容易的地方，能照顾一点儿是一点儿"。这态度跟先前怀疑人家是个"小流氓"时天差地别。

林书稚敲了好几下门都不见人应，又试探着往里推了推。

门没锁紧，稍一用力锁舌便弹开了。林书稚拎着保温盒钻进去，提高音量道："那个，我进来了哈。"

无人应答，房间内陷入短暂的沉默。

"我是来给你送饺子的。"她又说。

"不用……"陈寄喘着气，房间角落里传来一阵响动，他的拒绝被吞了下去，用一种妥协的语气重新回复，"你等一等。"

林书稚循着声音停在了房间门口。窸窸窣窣的响声伴随着几声不知名的动物嘤咛，陈寄压低声音训斥："别叫了。"

难道陈寄养宠物了？

她弯腰将耳朵贴近房门，尝试仔细辨认，传入耳的只有猝不及防的门枢转动声。

林书稚愣在原地，缓慢地将视线上移，瞥见脚边从打开的门缝里溜出一叠快递单，再往里是堆起的快递盒子，最后跟上方的陈寄对了个正着。

偷听当场被抓，怎一句尴尬能解释。林书稚只能憨厚地笑笑，装作无事发生，顺带把快递单捡起来，放在饭盒上一起递给他。

陈寄没有说话，房间里又传来类似于狗"嗷呜"叫的声音和视线不及处的快递盒子落地的"乒乓"声。

房门很快合上，将动静隔得很轻，林书稚紧紧盯着陈寄的眼睛，以示自己绝对没有乱瞟。

热腾腾的饺子倒进盘子里，陈寄抿了抿嘴，小声道了谢。

"不客气。"林书稚阻止他洗碗的动作，"我带回去就可以了。"

两人的手指不可避免地碰到一起，陈寄指腹下的肌肤细腻光滑，瘦削的指节浸了寒似的，刺得林书稚一哆嗦。

陈寄收回手，还是固执地把饭盒放到水池里清洗："我来吧。"

林书稚两只手不自然地交叠在一起，不自觉地摸了摸方才同他相触的位置，小声说："你放心，我不会告诉我妈你养了宠物。"

陈寄表情未变，灯光下的侧脸高低错落，是个再标准不过的美人。

是的，美人。

这是林书稚所能想到的最贴合他这张脸的词汇了。

他甩了甩水，抽了厨房纸，慢条斯理地将饭盒上的水珠擦干净，不咸不淡地"嗯"了一声。

林书稚抱了饭盒走到门口，还是忍不住回头问："下次，我还能来给你送饭吗？"

04

这是陈寄上岗的第三个年头。

他注意到这个奇怪的人也不是一朝一夕了。

第一天来到学校，她就拙劣又大胆地同自己搭讪，一会儿借橡皮，一会儿借草稿纸，东西稀缺得好像她才是转校生。

后来，她开始鬼鬼祟祟地拿着本子对着他写写画画，也不知道是在做什么，有时候还会忍不住满脸通红趴在桌上笑个没停。

陈寄好几次都想把她的本子偷来看看，最终出于一个精灵的道德修养还是放弃了。

她好像比大多数人都要快乐，什么事情懊恼不过几分钟就又重新开始嬉笑。课间说话声音太大或者碰到他桌子的时候，她就小心翼翼地看过来，又圆又亮的眼睛里带着愧疚，说："对不起啊陈寄，吵到你了。"

邮递员是长途跋涉离开故土、长居于异族的存在。

因特殊的身份和工作，陈寄必须一个人生活，必须做个不被任何人看到的存在。

精灵世界很好，人类世界也不错，但无论哪一个世界，他都没有家。当林书稚递上那盒热腾腾的饺子时，好像也递给了他这人间的烟火气。

他突然有些在意这份烟火气了。

05

陈寄把快递单一一核对好，拍了拍桌边的毛茸茸："走了，上班。"

毛茸茸是只橘猫，这会儿伸了个懒腰，抖了抖身上的毛，从桌上跳到地板上。伴随着一阵幽暗的蓝光后，小橘猫很快变大，软乎乎的短腿变长，生出健美的蹄；橘色皮毛不见了，取而代之的是流动着银光的鬃毛，额间长出一只漂亮的角。

陈寄换上工作服，将快递盒放到箱子里，由变身后的橘猫驮上楼顶。

人类时间凌晨三点是他的上班时间。

作为一名游走在精灵世界和人类世界的邮递员，陈寄从业五年没有一次超时——除了他自己专业素养过硬以外，他的独角兽"奎度"也功不可没。

唯一有一点小问题，就是奎度最近好像进入了青春期，虽然工作上仍旧兢兢业业，休息时却开始玩命作孽。前几次就是它惹祸险些被人类发现，逼得陈寄不得不换个窝点。

陈寄轻轻捏了捏奎度的肚子，警告道："下次少吃点，再长下去就要影响飞行速度了。"

奎度哼哧几声，将脸扭向另一边。

"你还生上气了？我说错了？"陈寄骑上它的背，碎碎念道，"林阿姨做的饭，哪一回你拒绝了？别人家饭就那么好吃吗？"

精灵藏于人间，为了不被人类发现，都会刻意地同他们保持距离。

但奎度是一只贪吃且处在叛逆期的兽。林书稚第一次送饺子来的时候，就是它闹着要吃，陈寄恐吓不成又不忍心动手，只好妥协出门接下。谁知那之后林书稚就来劲儿了，三天两头端着家里的饭菜，献宝一样往他这儿送。

每当他下定决心要拒绝时，林书稚就露出一种失落又可怜的神情，耷拉着脑袋问："对不起，是我冒犯你了吗？"奎度也跟心灵感应似的，可着卧室门使劲儿挠，隔着老远交相呼应。

独角兽太聪明不是什么好事情，陈寄头一次生出这样浓浓的无力感。

当天边泛起隐约白的时候，陈寄结束了今日的所有送单，跟店长汇报完后回到了天台。几个小时的来回穿梭对奎度来说也是巨大的体力消耗，一落地就立刻趴倒，全然不顾背上的陈寄。

独角兽和主人之间是有种羁绊的，尽管奎度不会说话，陈寄还是轻而易举地读懂了其中的牢骚。

"又饿了？"

"吼吼。"

"不行，一天吃人家一顿就够不要脸的了，你还想点菜？"

"吼吼吼。"

"只有猫粮，不吃拉倒。"陈寄将空箱子取下，"顶多给你换个贵的牌子。"

奎度不情不愿地站起来，示威似的又嚎了几声，在得到陈寄的保证后，才抖了抖身体变回了一坨毛团子。

陈寄单手将它夹住："你真是长本事了，都敢威胁我了，是不是……"

后半句话断在了喉咙里。

太阳浮出云端，晨光盈满大地，空旷的天台上只有一床忘记收起的被子拢在一起，一头在晾衣绳上晃晃悠悠，另一头悬空弯出一道弧线被搁在某人的肩膀上。

陈寄眼皮微跳，被夹在胳膊下的奎度毫无知觉地张牙舞爪"嗷呜"乱叫。

"陈，陈寄。好巧。"

夏末的风还带着未消散的暑气，陈寄裸露在外的手臂立刻起了一层鸡皮疙瘩。

林书稚结结巴巴地又说："你，你也来收被子啊。"

06

陈寄好像是个快递员。

这是林书稚在陈寄搬进来的第八天发现的秘密。

送完饺子后，她花了一整晚思考她在楼上的所见所闻，最后将当时剧烈的心跳反应归类为怜悯。

他们明明年纪相仿，但她有爸妈陪伴呵护，陈寄却只能一个人住在空房子里。比起在家里作天作地、无理取闹的自己，陈寄多可怜啊。爹不管妈不问，还要自己交房租，偷偷送快递养活自己。

怪不得他天天白日睡觉，在班上一个朋友都没有呢。这不是明摆着不想让人发现自己的伤痛吗？

太不公平了，陈寄明明就那么好。

林书稚把这揣测跟亲妈讲了，后者也表示了同情，之后做什么好吃的都会额外留出一份让她送上楼。

一开始陈寄总拒绝，林书稚看着他不卑不亢的样子，心底唏嘘少年人总是要强，如果换做是她，一定也不希望被别人用这种方式施舍。

这样一想，她更加觉得陈寄惹人怜爱了。

好在自己足够机灵，各种昏招都用上，总算让陈寄习惯了自己的殷勤。他慢慢不再冷着脸，有时候还会偷偷递来一块奶糖，说是猫咪非要买的。

那只名字古怪的胖猫尤其喜欢和她玩，每回都把脑袋往她手底下拱。啊，果然，柔软的小动物最治愈了。

可就在前一秒，林书稚看到治愈的胖猫竟然是只从天而降的……独角兽？

陈寄竟然骑着"胖猫"上天了？

林书稚的世界观——崩塌了！

07

人类所在的世界和更高维度的世界中间夹杂着一个古老的种族。他们的衰老速度很慢，大多容貌精致，拥有一些超自然的能力。在人类的神话传说里，这个种族被称为——精灵。

春风、夏雷、秋雨、冬雪，四个季节在精灵王国里共生共存。

"王国？真是……好出戏的词汇哦。"

陈寄哽了一下："那你还听吗？"

林书稚点头如捣蒜。

"在我们的王……国家里，根据不同精灵的天赋功能划分出了很多种不同的职业。攻击力强的就被分配去森林抵御凶猛野兽，擅长手工的就留守制造业，还有能潜入梦境净化杂念的……"

"分配工作吗？那你们是不是不用读书，也不用高考？"

陈寄的话被彻底卡死在喉咙里。这人就一点不会害怕吗？精灵对人类来说，难道不是怪物吗？怎么会有人对着怪物也能毫无芥蒂呢？

"倒也不是，我们也有学校。而且很多精灵是藏在人群里的，他们会跟着人类社会的步伐读书生活，一直到死。"

林书稚震惊："很多？你们不怕被人发现吗？"

陈寄摇摇头："不会的。"

"为什么？"

因为你们不会记得。

陈寄抚摸奎度的力道重了几分，惹得它不满哼唧，他却无知无觉，思绪早已飘到店里那些斑斓的瓶子上。大概几天之后，写有她名字的专属药剂就会出现在货架上了。

林书稚的眼里蓄满了不解，黑白分明的瞳仁里映着日出的霞光。

陈寄心虚地将头扭到一边，眉眼低垂道："秘密。"

08

精灵行走在人间总会有点基本的特殊能力用以自保，比如稍稍蛊惑一下对方心智达到一些小目的，又比如待在人群里成为不起眼的存在。前面那招在租房子的时候用在了林母身上，后面这招则是陈寄生活在人群中的秘密武器。

但这种掩人耳目的法子也有意外失灵的时候，比如面对林书稚。

距离他太近，对他的好奇与日俱增，以至于她总能记得还有陈寄这个人。

在天台共享秘密后，林书稚变得格外敏感，也不知道她又脑补了些什么，每天都要给他传七八次纸条以确保他安然无恙。

陈寄想说其实不用，毕竟在被你撞破之前，我还是隐藏得挺天衣无缝的。而且那次意外主要还是怪奎度耍无赖，不然他也不至于还没观察周围就解了隐身。

为了让奎度长点记性，陈寄已经接连几天没让他吃林书稚送的饭了。胖猫只能啃着毛线球在猫爬架上跳来跳去，以绝食来表达抗议。

"咪咪怎么了？"

"可能猫叫春吧。"陈寄隔着厨房玻璃门远远地回复道。

她好像格外不擅长记名字，奎度的名字都说了一百遍，她却还是叫着猫咪的通用名称，还险些把他也带偏。

林书稚迟疑着："可现在才刚刚立冬啊。"

"你们人类不是有句话叫'冬天来了，春天还会远吗'？"

"可它不是猫呀。"

"入乡随俗。"陈寄把洗好的饭盒递给她，"说吧，到底有什么事？"

"这你都发现了。"她有些局促，"上次聊得匆忙，其实我还有很多好奇的事。"

让人类知道太多并不什么好事，陈寄犹豫了一瞬。

"我可以问吗？"她揪起一点点他肘部的衣服，神情诚恳又可怜。

算了，知道就知道吧，反正最后都会忘记的。

"嗯。"

林书稚高兴起来，掏出小本本和笔，翻到空白页："你平时送的快递都是些什么呀？精灵也网购吗？"

陈寄随手捞过来几张快递单，示意她自己看。

"糖果、项链、打底裤？"林书稚翻了几张，"这么普通吗？"

"不然呢？"陈寄将快递单贴到盒子上，"其实也有些不普通的东西。"

林书稚眼前一亮："是什么？"

陈寄不知从哪里变出另外几张快递单，和前几张中规中矩的人类同款不一样，半透明、溢着蓝光。

陈寄松开手，那些单子就悬在空中，接连排列开来。林书稚凑过去，想要看清上面的字，可好好的汉字蹦到眼前却变得读不懂意思。

"这上面用了特定的加密术，人类是看不明白的。"陈寄伸手遮住林书稚的眼睛。

少女本能地闭上眼，温热的眼皮下一双眸子转个不停。她的脸真的很小，单手便覆住了三分之二，只露出微开的嘴唇和白白的齿。

手掌底有睫毛挠过，又酥又麻的痒意蔓延开来，陈寄不理解心中怪异的情绪，一时间愣住了。

夕阳从窗外打进来，房间沾染上焦焦的黄，隔断将成片的阳光分成了段，错落地印在墙上。

"陈寄，还没好吗？"

09

当阳光重新跃入眼帘，前方的字迹也变得清晰起来。林书稚不敢深究自己过快的心跳源于什么，只看着那些字读出声："绪亚送给爱人的吻？"

陈寄没由来地紧张，将那张单子拽下来，划向另外一张："开心、失落什么的，我负责送这些。"

"这不是间接接吻吗？那你不就……"林书稚皱了皱眉，心底十分不舒服。

"不是。"陈寄加重了语气，打断她的畅想，"我都说了是传递情绪，情绪，不是动作。"

推测就此打住，林书稚真心实意地笑了："啊，这样啊。"

他算看明白了，这人脑子里不知道有多少奇思妙想，不解释清楚怕是很难收场。

陈寄成功说服了自己，重新给她讲起工作："我的天赋能力，就是收集情绪。可以亲自取也可以隔着网络，只要有寄件人的声音，只要他们对我报以信任，我就可以和寄件人共享当时的心情。"

林书稚恍然大悟："所以说，是寄件人把亲吻收件人时的情绪传递给你，然后你再把这种感觉放在收件人身上？"

"嗯。"

一切东西都是可以被情绪化的，而这种情绪由邮递员跨越两界进行传达。这是陈寄的天赋能力，也是他的使命。

朋友、爱人、家人甚至是仇敌，他们之间的羁绊、牵挂、怨恨都可以由他收集并传递。而他背负着使命藏在人群中独自生活，工作中接触到的形形色色的情绪，也成为了他感受除孤独外其他情绪的唯一途径。

如今这种枯燥的生活迎来了一个短暂的插曲——一个过分好奇，过分热心，总能轻易说服他的奇怪女孩。

林书稚还在兴致勃勃地翻着单子，突然灵光一闪："如果我让你寄一个吻，但是收件人也是我自己的话，那我是不是就可以知道亲吻自己是什么感受啦？"

陈寄沉默了一瞬，脸上明晃晃地写着无语，忍不住呛她："你脑子里都在想些什么啊。"

10

亲吻自己这件事最终被陈寄以"精灵没有这么闲"为由拒绝了实验，林书稚得寸进尺，提出想要去他工作的地方看一看。

陈寄愣了愣："以后再说吧。"

林书稚明白这是种委婉的拒绝，心里遗憾但也没有多加纠缠，毕竟陈寄能像现在这样和自己分享秘密就已经很好了。

他可是精灵啊，是对人类来说的异类，被发现后可能会被抓去解剖的新鲜物种。可陈寄却给了自己百分百的信任，将一切和盘托出。

林书稚将小本本摊开在桌面上，用蓝色水笔在扉页上郑重地写下几个字——要保护陈寄。

而之前那些珍贵的，关于陈寄的文字记录都被她用笔涂掉了，比起写出爆火作品的远大理想，眼前守护陈寄的小小愿望更加重要。

对比人类，精灵确实足够神秘强大，还拥有特殊能力。但是小蚂蚁也能杀死大象，更何况陈寄充其量也就是个小野狼，还是只沦落到山羊群里的狼。一旦羊群觉醒他就很有可能被碾压杀死，连骨头渣儿都不剩。

林书稚越想越觉得自己的推测有道理，陈寄之所以这么轻易就对她讲述秘密，想来就是高估了人性。还好是遇见了自己，如果遇见其他不怀好意的人，陈寄这会儿就该被泡在福尔马林里供众人瞻仰研究了。

她回头看了一眼揉着眼睛从书桌上爬起来，驮着书包往外走的陈寄，长叹一口气。

哎，傻白甜啊。

冬天悄然而至，不给人任何防备，气温直降零下。

陈寄剧烈地咳嗽了几下，昨夜睡觉的时候奎度卷跑了大半的被子，后来上班又吹了半宿凉风，今早全凭一口气吊着赶来了学校。

其实不来也不是不可以，毕竟除了林书稚班上没有人记得他。可林书稚记得，所以他还是来了。

结伴回家的时候，林书稚显得忧心忡忡，把手贴在陈寄的额头上，感觉到温度高得吓人。

"你也会生病吗？"

陈寄点点头。精灵也只是遵循自然而生的一个物种，比起人类有些优势，却也逃不过生老病死。

"吃药了吗？"

"没有，我不吃药。"经过半天的发酵，陈寄的嗓子已经沙哑，还带着浓厚的鼻音。

林书稚抿抿嘴没有说话，等到夜深人静时才偷溜上来。

卧室里，陈寄睡得天昏地暗，迷糊间好像溺在了一片寂静深海里，凉意浸透身上的每一寸毛孔，拽着他往下坠。

林书稚端了杯热水，哄小孩儿似的把他扶起来喂了两颗消炎药。

陈寄感觉脑门在跳动，整个人都处于极度亢奋的状态，他一把抓住林书稚的手腕："你给我吃药了？"

他的语气兴奋又怪异。

林书稚点头："嗯，就两粒头孢。"

激动的精神透支着虚弱的身体，陈寄被两种截然相反的状态拉扯，头痛欲裂："你没听说过精灵不能吃药吗？"

人类关于飞天的梦想由来已久，从明朝万户做的火箭到现代飞机的发明，其中无数关于翱翔天际的神话传说层出不穷。

而林书稚第一次坐在变了身的胖猫背上，透过云层俯瞰整个城市。不知名的鸟儿穿梭黑夜和他们并排同行，幽暗厚重的绵软触手可及，和夜幕的星光搅在一起，让人感到澎湃壮阔。

经过城市的霓虹和喧嚣，奎度最终在一个平平无奇的小巷深处停下了脚步。

古朴的木门上挂了个牌子写着"暂停营业"，陈寄松开环着林书稚的手，从奎度背上一跃而下，没走两步就猛地跪倒在地上。

吃药的副作用就是这么猛烈，陈寄实在没有多余的力气，冲一旁目瞪口呆的林书稚发话："愣着干吗，过来呀。"

林书稚点头如小鸡啄米，揪着奎度的鬃毛慢慢下到地上。

门后是一家灯火通明的商店，好几个穿着工作服的人正在如火如荼地挑拣着快递箱子，货架上放着些奇怪的小玩意。

柜台里站着的长发女人头也不抬地说："精灵杂货铺，需要什么随便……陈寄？"

三言两语解释了事情的经过，陈寄很快被接到屋后。林书稚站在店中央，有些手足无措，好在奎度已经恢复了胖猫的模样蹭着她的裤脚以示安慰。

　　核对快递单的几人时不时朝她投来好奇的目光，林书稚强迫自己不去在意，将视线落在货架上。那些小玩意底下都贴着标签说明：火柴味儿的蘑菇，熏肉风味的树枝……各种不着边际的搭配相映成趣。

　　长发女人很快出来了，她长得很漂亮，从头到脚都透出一种精致的美，只见她随意挥挥手便将店里看热闹的人打发了去。

　　林书稚没由来地有些紧张，只能歉意地笑笑。

　　女人凑近绕着她看了一圈，终于开口："你好，我是这里的店长。你就是陈寄说的那个人类？"

　　"还挺可爱的。"

　　"啊？谢谢。"

　　"半年了。"店长感慨地点点头，"看来你真的很不一样。"

　　林书稚听得云里雾里，眼里写满了疑惑。

　　"陈寄大概没有跟你说过。"店长走到货架边，"你不是第一个撞破他身份的人，不过，你却是第一个过了这么久才被他带来这里的人。"

　　精灵再如何小心也会留下马脚，被发现身份的情况虽不常有但也无可避免。

　　所以为了确保自身的安全，被发现的精灵往往会利用人类的好奇，把他们带来杂货铺，用特殊手段抹去关于精灵的全部记忆。

　　而这就是陈寄所说过的——秘密。

　　"一般来说，精灵们会和人类亲密接触一段时间，在博取对方信任后，抛出更大的诱饵。"

消除记忆的药只针对人类，必须提前报给杂货铺预定。精灵们则利用药物未到的这段时间和对方拉近距离，一旦店长通知到货就可以把人带过来正式实施计划。

人性到底如何，对他们报以伤害或是善意，这些犹未可知。

精灵被赋予了较于人类更优越的外表和能力，同时也有自己的缺陷。比如伤病无法通过药物得以治疗，只能自愈；又比如繁衍能力十分低弱，以至于现存的纯种精灵少之又少。

尽管这些年，他们接触到的人类还是善良居多，但他们还是不敢去赌那百分之一的恶。

店铺陷入沉默，只有窗下挂着的风铃随着钻进来的风飘飘悠悠，叮当作响。

也许陈寄并没有把自己当作分享秘密的至交好友，只不过是因为这些事情说了也没关系，反正自己总会忘记。

这个推测实在是太让人难过了。

林书稚觉得鼻子像被人重重地打了一拳，又酸又疼，接着眼眶也热了起来，心头涌起无法忽略的失落，一寸一寸地蚕食着那些她自以为亲密的过往。

店长从架子上取下一个小瓶子递到林书稚手里，瓶子标签上的日期距今天已经过去五个月了。

"我催促陈寄尽早带你过来，可是他总告诉我，再等等。"

林书稚想起他一直推脱的"以后再说"，原来"以后"就是忘记。

"甚至在刚才，他还是告诉我，再缓一缓。"店长见惯了风浪，不想让这两个可爱的孩子陷入什么无端的误会里。

"他想让你来这里看看，却不想让你忘了这段奇妙经历。"

"陈寄是真的把你当作很好的朋友，可是我们也有必须遵守的规定。"

"为你一人破例，很不现实。"

瓶子里安静地躺着两颗小小的药丸，周身散发着微弱的光，原本诡异的画面大概是得益于精灵的特殊能力，让人看了只觉得治愈。

那些不着边际的猜测在店长寥寥几句的解释里消失殆尽。

原来，她不是自作多情。

"我会忘记陈寄吗？"

"你只会忘了他是精灵。"

林书稚悬着的心终于放下，她乐呵呵地拔掉瓶子上的木塞："姐姐，你这儿有水吗？干吞我咽不下去。"

店长错愕："啊？"

照常理来说，到这儿消除记忆的人类不知情的偏多。而知情的那些，要不义愤填膺要不悲伤欲绝，像她这样开心的前所未有。

这个人未免也太通情达理了些。

药丸发挥作用还需要一段时间，林书稚趁着记忆尚存叽叽喳喳地和店长聊起了天——从当下出发，一度探讨到精灵的起源。

等陈寄休整好出来时，林书稚已经俯在桌边睡着了，手里还攥着那个失了光芒的小瓶子。

店长一脸小幽怨："这人类问题也太多了。"

"哎，你别误会，我可没诓她吃药，是她自愿的。"

"你跟她说了什么？"

"实话实说呗。从你怎么舍不得说起，说她对你来说真的很重要。"

陈寄抿了抿嘴，将人扶起来，招呼上奎度一起朝门外走去。

"对了，她还让我给你传一句话。"

店长抱着手倚在门边，笑意盈盈地："她说，你一定还会同她说话的，对吗？"

13

林书稚发现他的后桌兼邻居发生了些变化。

虽然他在班上的存在感依然很低，成绩依然控制在及格线边上分毫不差，但是整个人好像都明朗不少。

最主要的是，上语文课的时候，他给她传了张纸条，问能不能跟她做朋友。

林书稚按捺心头狂喜，本想矜持一下，结果没忍住写了个"好"，还在后头连加了三个感叹号。

她也不知道曾经出于什么目的，抽得什么风，小本本里关于未来男主角的所有素材都被自己涂了个黪黑。原本还在懊恼自己跟"当红作者"的头衔失之交臂，却没想到时来运转，男主角竟然主动联系自己出场啦。

还有什么比这更好的事情吗？

高三的学业很重，林书稚跟陈寄正式建立起了革命友谊。

南方的春天还残留着冬日的凉，清晨的天也还是暗暗的一片，起床是所有人共同的难题。林父林母也起不来，于是林书稚的早餐就从精心熬煮的粥变成了随缘购买的外卖。

好在有陈寄。

从初冬开始，他就每天骑着自行车等在楼下，将买好的早饭递给林书稚，然后挺直腰板，将后座的她遮得严严实实。

　　林书稚有点战战兢兢，他们这么大摇大摆真的很难不被误会。

　　可是后来，她发现班主任也好，身边同学也罢，每个人都对他们熟视无睹。

　　陈寄似乎有些失落："可能是因为我不起眼，所以磁场也影响了你吧。"

　　林书稚赶忙安慰："怎么会，是他们没有发现你的好。"

　　陈寄多好呀，长得帅、脾气好、待人也温柔。她经常想，如果再勇敢一点，也许不至于在高中要进入尾声时才跟他交上朋友，才知道原来他这么讨人喜欢。

　　"不用可惜，我们可以上同一所大学。"

　　林书稚原本以为这只是陈寄安慰自己的话，可冬去春来，当夏天也进入了尾声的时候，他们真的等到了来自同一所大学的录取通知书。

　　他们从高中的前后桌变成了大学的同桌，吃饭、上课、自习，两人的生活轨迹重叠在一起，变得比以前更加亲密。

　　可是谁都没有越界说过那个词。

A.

　　又是一年冬天。

　　学校下了一场纷纷扬扬的雪。

　　林书稚激动地跑到阳台上给陈寄打电话："看见了吗？庆市下雪啦！"

电话那头的陈寄轻声地笑："我知道的，我也在庆市。"

夜色与雪为伴，滋养着心底冒着尖儿的想法像水草般疯长。

"嗯，我就是想告诉你庆市下了很大雪。"

就算我们看见同一片雪景，我也想要跟你共享这一份下雪的心情。

因为我，好像有点喜欢你。

"林书稚。"

陈寄的语气很正经，电磁波传递的声音里藏着无法掩饰的认真："我也喜欢你。"

森林女巫

星星和月亮玩捉迷藏

月亮藏进女孩的眼睛

星星躲在玫瑰里

女孩哭泣

月亮就落下

变成了盐味月亮

YANWEI
YUELIANG · 盐味月亮 · 尤莉斯

总有女巫想当猫

文/瑞迟

21世纪的三无青年，无条件热爱文字，无条件忠于自由，无条件屈服于温柔。微博@二白超级无敌。

01

"黑土！"

"啊啊啊啊，我们怎么又互换了身体啊！"

我连忙睁眼一看，两米开外一只黑猫正冲我张牙舞爪地叫着。而此时的我正端端正正地坐在沙发上，面前是一碗刚泡开还没吃上几口的螺蛳粉。

我连忙起身，差点又被熏得喘不上气。

是的，我又和阿尤交换了身体。

我叫黑土，是只黑猫，全身上下就尾巴上有三根白毛。

而一秒钟前还坐在沙发上吸溜着螺蛳粉的女孩叫阿尤，她有双狡黠的圆眼睛，可爱的雀斑以及一头天生的卷发，她的卷发又长又厚，在阳光下是好看的焦糖棕色。

虽然很不愿承认，但阿尤的确是我的主人。

至于为什么我叫黑土，我一直认为是阿尤那个没文化的丫头随便给我起了这么个土到掉渣的名字。但阿尤坚持说，她捡回我的那天，这名字就刻在我脖子下挂着的小圆牌上。

　　我和阿尤会互换身体这件事早就不是第一次发生了，目前我只知道发生原因未知、出现时间随机、持续时间不定。

　　因为机会难得，所以要好好把握。

　　于是我从沙发上摸出阿尤的手机，熟练地打开。

　　"黑土！你干吗？你是不是又想下单小黄鱼干？不行！我告诉你不行！"阿尤一下子蹦到我怀里，使劲用爪子扒拉着我的手。

　　可已经晚了，"叮咚，您的宅急送已下单！"

　　我是只猫，一只会说人话，还会自己下单小鱼干的猫。

　　不过别害怕，我可不是什么怪物，我是女巫养的黑猫，而阿尤就是那个小女巫。

　　成为一个有钱且优秀的女巫是她的理想，虽然现在这几个字和她八竿子打不着——她不仅法术烂唧唧，还穷嗖嗖的，就连买个小鱼干也要纠结半天。

　　"好你个黑土！看我们换回来怎么收拾你！"阿尤气呼呼地瞪着我。窗外挂着一轮圆月，静谧的月光下，我又看见了阿尤那双好看的眼睛此时正闪着湛蓝和黛绿的光。

　　尽管此时她待在我的身体里，尽管在白天的时候那双眼睛还是琥珀色的。

　　异色瞳是女巫生来就带有的印记，只在满月的时候才会显现。

　　我想到阿尤捡回我的那天也是个满月，那是我第一次见阿尤。眼前的女孩长了张略带稚气的脸，尖下巴，焦糖棕色的头发，笑得眉眼弯弯。

"要不以后你跟着我混吧，我叫阿尤。"

万里无云的夜空只有一轮皎洁圆满的月亮悬在正中央，细碎的月光洒在她湛蓝和黛绿的瞳仁中，像是聚着最蔚蓝干净的海洋，藏着最珍贵璀璨的墨绿宝石。

我现存的所有记忆都是从阿尤这张笑靥如花的脸开始的，至于我先前的主人，我是一点记忆也没有了。

都说女巫有三宝：扫帚、黑猫和黑袍。

放现在这个时代，扫帚和黑袍都好解决，可一只会说话的黑猫不是随便网购就能买到的。平白无故把我捡回了家，阿尤何止是笑靥如花。

虽然我嫌弃她脑子蠢，老记不住事儿，她也觉着我前爪参差不齐的毛丑得不忍直视，但还能咋的，一只上了年纪的孤家寡猫和一个脑子不灵光的小女巫只能凑合过呗。

阿尤还在生着闷气，一阵急促的寒风卷了进来，惊着了挂在门口的风铃，"叮叮当当"响个不停。

呵，这次宅急送还挺快。

我刚打开门就愣住了，门口站着一道颀长的身影，是个男人，但绝不是宅急送那矮胖的小哥。

说实话，我已经好久没看到这么赏心悦目的男人了。

他很年轻，却穿着老式的深灰色大衣，好在做工优良又熨帖整齐得没有一丝褶皱，倒也衬得整个人修长挺拔。

他的脸轮廓分明，墨黑的眉，高挺的鼻，薄抿的唇，鼻梁上架着一副考究的金丝框眼镜，眼镜后面那双平静如水的瞳仁是黑色的，比黑曜石还要浓上几分。

"阿尤小姐？"男人探究的目光定格在我身上，我老脸一红，这才反应过来此刻我就是阿尤。

"我听朋友介绍来的。"男人脸上浮出一丝礼貌的笑，"不过您这里可真不太好找。

"我想拜托您一件事。

"我要找个人。"

我和阿尤住的地方就在春风街尽头的那棵老银杏树后面，独门独院的一栋小房子，房租便宜但也偏得很。

一到深秋，门口的那棵老银杏便会落满一地金黄，踩上去就像踏在厚厚的毯子上。院子门口挂着一个不起眼的小牌子，歪歪扭扭地刻着"私家侦探社"几个字。

说是私家侦探，但阿尤倒是没接过什么重金寻仇家的业务，大多都是找走丢的老人或者离家出走的熊孩子。虽挣不到什么大钱，但阿尤凭着她那点天生的小本事混在普通人中维持生计倒也是够了。

大多数时候阿尤是空闲的，晴天的时候她会支口锅熬草药，雨天就抱着我睡懒觉。更多不睡觉也不熬药的时候，阿尤就会看书，躺在那个"吱呀"响的摇椅上能看上一天不挪窝。

读书是一件好事，我很庆幸阿尤有这样的觉悟。

但后来我才发现阿尤看的才不是世界名著，而是不知道从哪儿搜刮来的奇闻秘录。厚厚的一摞堆在桌上，羊皮封皮破破烂烂，刮个风就会"哗啦啦"散开。

喏，阿尤就喜欢看这些稀奇古怪的玩意儿。

02

原来是客人。

我连忙麻利地将阿尤没吃完的螺蛳粉收拾进厨房，顺带沏了壶茶端出来，等到杯中袅袅的热气缓缓升起时，男人已经在对面坐了下来。

阿尤端正地坐在我旁边，收起爪子歪着头，睁着纯良无辜的大眼睛直勾勾地看着面前的男人。

完了！又开始犯花痴了！

我伸手一捞将阿尤抱在怀里，然后学着阿尤以前的样子冲男人笑了笑："不知您要找什么人？"

男人叫骆珵，要找的是他的恋人。

"骆先生，有照片让我看下吗？"

"没有。"

"不一定要她的单人照，你们的合影也是可以的。"

"我的意思是，她没有照片。"

没有照片？我下意识瞥了眼怀里，果不其然，阿尤微微蹙了下眉头。阿尤找人是靠女巫的感应能力，需要委托人提供被寻找人的相关物件和信息，而照片无疑是最直接的媒介。

"没有照片的话找起来会很麻烦。"我拿出笔，"我先登记下她的姓名吧。"

良久，我都没听到回答："怎么？有什么问题吗？"

"实在抱歉，她的名字……我不记得了。"骆珵漆黑的瞳仁中闪过一瞬暗光，眼眸中盛着的情绪像是抱歉，又像是自嘲。

"我经历过一些事，记性变得不太好，尤其是关于她的一切。我不记得她的年龄、长相，甚至不确定她是否还活着。"

我有些犯难地瞥了眼阿尤，阿尤给我使了个眼色，我立马收到："骆先生，像您这种相关物件和什么信息都提供不了的情况，我们也很难办。"

"没有照片，这个不知是否可行？"骆珵拿出一个玻璃瓶，里面是一枝玫瑰，"这是她曾经种的玫瑰。"

玻璃瓶中是朵真玫瑰花，封存了很久的样子，叶茎暗沉，花瓣边缘萎缩，看起来有种苍凉的美。

我瞟见阿尤冲我眨了眨眼，便清了清嗓："这样吧，我先让我的猫来探一探。"我抓起阿尤的爪子轻轻覆在瓶身上，听见阿尤用只有我们能听见的声音虔诚地默念着咒语，片刻后空中浮现出一个淡淡的光影。

嗯？看不清脸？稀罕了。我眯眼细看，阿尤也瞧出不对劲儿。

"怎么了？"骆珵察觉出什么，但他看不见感应的画面。

但所幸人影周身的光晕是橙色的，橙色代表生机与活力。

"您放心，您的恋人还好好地在这个世上。"我想了想补了句，"是活蹦乱跳的那种。"

"只不过。"我顿了顿，极快地瞟了眼阿尤，按照她的眼神示意从身后的书柜格里抽过一份文件。那是份合同，里面写了双方需要遵守的一些义务条款，以及这次支付的酬劳。

"说实话，接您这生意可不是什么省力的差事。您女朋友的信息少得可怜，要想找到她委实需要费好些时间和精力。"

我不常当人，更别提和人商谈了。说完这番话我连忙学着阿尤的样子打算抿口热茶压压惊，可当我看清上面的数字时差点没把嘴里的茶水喷出来。

啧，这丫头还真是狮子大开口。

骆珵不急不慢地看完了合同，金丝眼镜后那细长的眉眼微微地弯了下："若阿尤小姐能替我找回爱人，酬劳方面自是不会少的。"

骆珵左胸前别着一支笔，自从他出现时我就注意到了，因为实在太显眼了，那是支雪白的羽毛笔。

骆珵拿出笔在合同里的数字后面添了个零，推了过来："我觉得这个数，才对得起阿尤小姐的辛苦。"

呵，没想到阿尤已经是狮子大开口了，这个蠢蛋还往上加钱！我一低头，果然！阿尤那双猫眼都要笑得眯成一条缝了。

临走前，我抱着阿尤把骆珵送到门口，皎洁的月光轻轻笼着我们。

"其实我之前也拜托过一些人，但最后都杳无音信。希望阿尤小姐你这里是最后一次。"

"当然，我们可是专业的。"我冲男人笑笑，而怀里的阿尤也兴奋地冲骆珵喵喵直叫。

月光静谧，骆珵的目光略过我，扫了眼阿尤眼里一闪而过的湛蓝和黛绿："那就麻烦了，阿尤小姐。"

骆珵离开了，那个装着玫瑰花的玻璃瓶被留了下来，这是阿尤要求的，只为了更快找到那个女孩。

因为骆珵之所以能痛快地在酬劳后面加个零，是附带了条件的。

"我希望十天内能有结果，无论好坏。"

骆珵走后，我有些担忧地看向阿尤："十天，行吗？"

阿尤摩挲着肉肉的爪子，兴奋极了："什么行不行的，就冲这后面多加的零，就算十天不睡觉我也要把人给找出来。"

皇天不负有心人，到了第九天，阿尤的口出狂言终于成真了。

阿尤真的十天没沾上枕头。

不知什么原因，我和阿尤死活看不清感应出来的女孩的模样。好在阿尤还感应出来其他的东西，那是一栋风格奇特的建筑，像是别墅又像是城堡。

我们花了整整三天才找到那栋一模一样的房子。

奇怪的是，这里每到晚上便会有灯光亮起，说明里头有人住着。但我们在这儿蹲了整整七天，却从未见到有人进出过。

"第十天了，黑土。"

我顶着两个都能挂到下巴上的黑眼圈疲惫地说道："我知道，这意味着明天天亮之前你还没找到那个女孩，那一大笔钞票就要和你说拜拜了。"

阿尤短促地皱了下眉，舔了舔爪子："不等了，到了晚上我们就摸黑进去。"

夜幕降临，别墅内还是黑漆漆的，前几晚会亮灯光的房间此时也毫无动静。

"真是天助我也。"阿尤决定行动，"黑土，我们走！"

可怜我这只一把年纪的老猫，变成人后还要做这种鬼鬼祟祟的事。罢了罢了，豁出去了！于是我左手抱着玫瑰瓶，右手扛着阿尤，霸气十足地朝着大门就是一脚。

"砰！"静谧空旷的空间里霎时回荡着我踹门的声音，阿尤吓得毛都乍起了，"你搞什么啊？动静小点儿哎！"

阿尤迅速环顾了下四周："去二楼。"

前几晚我们看到那间亮灯的屋子就在二楼最东边，阿尤虽然脑子不好使，但方向感却是极好的。她带我左绕右绕，很快找到了那间屋子。

阿尤看了我一眼，我深吸一口气，轻轻推开了门。

"吱呀。"相比于刚才那声踹门，我倒觉得这小心翼翼的声音在静谧的夜里更显诡异。

确认房间内没人后，阿尤灵巧地闪了进去。

那是一间书房，很大，空气中有书卷的香气。借着零星月光，我能看清靠窗的地方有一张很大的书桌，两边都是很高的书墙，上面密密麻麻地放着各种书籍。

我想开灯，可在墙上摸了半天都没找到开关在哪里。

我拍了拍阿尤的脑袋："别光在我肩头坐着，也帮我找找。"

阿尤从我肩头跳了下去，仔细看了一圈："在你左手边的书架旁。"

"哎哎！蠢蛋！是左手边！不是右边！"

黑暗中，我一不小心打翻了右边书架上的一个盒子，里面的东西掉了出来。

皎洁的月光下，我看清了那是支笔。

"黑色的羽毛笔？和上次骆珵胸前的那支还挺像。"阿尤在那支笔前蹲了下来，伸出爪子拨了拨，"难道现在用复古笔也是种潮流？黑土，我们下回也买支……"

阿尤突然没声音了，我只来得及用余光瞥了眼，阿尤正愣愣地盯着半空中浮现的一团虚影。

蠢丫头，现在感应这个干吗？

我吼了一嗓子："赶紧的！找人要紧！"

我没看见的是，那团虚影是个女人的背影。

长发黑袍，左肩有只黑猫，是位女巫。

而那只黑猫，尾巴上有三根白毛。

"啪。"与此同时我摸到了开关，暖黄色的灯光顷刻驱散了房间内的黑暗，也让掩藏在其中的秘密暴露于光下。

书桌正对面是个照片墙，灰绿色的墙面印着精美的暗纹，上面挂着许多幅画像。

画像里的主角都是同一个人，分别记录着他不同的时期。

那个人对于我和阿尤来说算不上熟悉，却也是过目难忘——依旧是那张好看的脸，墨黑的眉，深邃的眼，高挺的鼻，那副温雅平静的表情万年不变。

"阿尤。"我呆呆地盯着前方的墙，牙齿莫名地"咯咯"响起来，"这些是……"

阿尤也正目不转睛地盯着，一双猫眼一眨也不眨："是骆珵。"

不同照片记录着同一个骆珵。

准确点说，是不同时期的骆珵。

阿尤走近一幅画像，那应该是最早时期的他。男人没有戴眼镜，穿着我和阿尤都未曾见过的奇特服饰，华美而高贵，那双寂静的眼里闪着年轻的光亮。

而他的左胸有抹雪白。

是那支羽毛笔。

阿尤目光沉沉地打量着那幅人像，与此同时，我左耳警惕地动了动，听到了一丝不易察觉的声响，阿尤也听见了。

"黑土！快……"走字还没来得及说出口，一双有力的大手便把阿尤捞了起来。

"阿尤小姐真是守信，十天还未到便已经心急地摸到我这儿来了。"脱去了老气横秋的大衣，穿着居家毛衣和休闲裤的骆珵靠在门口，反光的金丝眼镜下是两道灼灼的目光，他将阿尤禁锢在怀里，淡淡扫了我一眼后便颇有意味地审视着阿尤。

男人垂着眼："做着老鼠勾当的猫我见得还真不多。"

骆珵的声音似笑非笑，听不出一丝喜怒。

"不愧是阿尤小姐的猫，调教得真好。"

03

十分钟后，我和阿尤端端正正地坐在骆珵家铺着天鹅绒的柔软沙发上，骆珵还特地为我们准备了热牛奶。

见我们正襟危坐地看着他，骆珵不由得发笑："原来阿尤小姐还会紧张，刚才踹我家门的时候可不是这副样子。"

"况且一个女巫加只黑猫，还用怕我一个普通人吗？"

阿尤的猫爪子一顿，我也目光一滞，而后露出我拿手的卖傻表情："女巫？"

"阿尤小姐的异色瞳很漂亮。"骆珵说这句话的时候没有看我，而是目不转睛地盯着阿尤。

"而你的猫。"骆珵转过头看向我，"学起人来也是相当的不错。"

眼见身份被揭穿，阿尤干脆大方地承认了："我不知道骆先生你是如何看出来的，但没错，我和我的猫互换了身体，但只是暂时的。"

阿尤往我怀里一靠，舔了舔爪子："而且我觉得，我和黑土身上发生的事远没有骆先生您那幅历史悠久的肖像画来得让人惊讶。"

每个委托人的身份阿尤都会调查，骆珵也不例外，他的身份是知名学者、青年作者、畅销书小说家。

如今看来，这些身份都只是幌子。

骆珵温和地笑了笑，像是仔细回想了好一会儿才开口："该从哪里讲起呢？其实，我一个人这样很久了。

"我以前体验过很多身份，医生、律师、学者……因为和旁人的生命不同，所以我需要不断换身份，当然名字也是。骆珵这个名字大概是我用得最久的一个了，因为简单。

"我最开始生活的地方在现在的地图上已经找不到了，那儿都成了海洋。阿尤小姐大概不知道，在很久以前，太平洋中间也是有陆地的，也许不如其他大陆这么宽阔。当然，你也可以称之为岛。

"我的父亲管理着当时我所在的国家，那片陆地上还有几个像我们一样的国家，她的父亲也管理着其中一个……"

我忍不住扑哧笑开："怎么？公主吗？"

骆珵抿了口热茶，热腾腾的白雾在空气里转瞬即逝："若是按你们现在的童话故事，真有公主应该也就像她这样，骄傲自信得像个小太阳。她一眯眼笑，就能暖烘烘地照进人的心窝里，叫人挪不开目光。

"她喜欢花，喜欢一切生机勃勃的事物，就像她本人一样，是那么美好又鲜活。她和我说，以后我们的婚礼上也要有好多好多的花，她一点也不喜欢古板严肃的布置。"

"结婚？"这次轮到阿尤忍不住打断，"你们都快结婚了，你怎么还不记得她？为什么她消失了，你却一个人活了这么多年？"

骆珵盯着阿尤，眼里渐渐浮出一丝奇诡的笑："怎么？阿尤小姐，你认为长生不死是一件幸事？

"那是诅咒。"骆珵眼尾的笑染上苍凉的意味。

骆珵说，童话故事里不仅有王子和公主，也有恶毒的女巫。那个女巫不仅毁了婚礼，还毁了所有童话故事中王子和公主应该幸福美满生活在一起的美好结局。

她留给骆珵的，只有那个诅咒。

骆珵的记忆很好，到现在他依然能记得分毫不差，那个凌厉尖亮的女声一字一句施下最恶毒的诅咒。

"这世间存在着某种情感，承载着一切美好，也藏匿着所有黑暗；真挚与虚伪相共，漫长又短暂。

"若幸得真爱，那句未说出口的话会纠正一切错误；若终为荒唐，一切不复意义的存在也将随之消散。

"年轻愚昧的人啊，时间会让你们再次相遇。

"那么在这之前，我愿你百岁无忧，万世安康。"

于是自那天起，即使骆珵的记忆依旧很好，却独独记不起她了。

先是名字，再到声音，最后是长相……女巫慷慨地给予他无尽的生命，却吝啬地剥夺了有关她的一切记忆。

若不能找到她，若那句未曾说出口的话依旧没说出口，那么当他完全遗忘她的时候，他无尽的生命也将燃到最后。

用遗忘考验真爱，用时间来折磨背叛者，这可真是最恶毒的诅咒。

"你还有多久时间？"阿尤直直地看着骆珵，"还记得多少有关她的记忆？"

骆珵的脸在暖黄色的灯光下呈现出一种奇异的苍白，像精心雕刻的玉器，无瑕冰冷。

他缓慢眨了下眼，似是在努力回想："……已经很少了。"

"上回我醒来盯着这玻璃瓶的玫瑰看了很久，才想起这是她送给我的。噢，差点忘了，这支笔也是她送的。"

骆珵提到她的时候便会不自主地弯起唇："对，她总是喜欢送我东西，无论我喜不喜欢她都送我，我就气啊，她怎么就学不会矜持端庄呢？

"我有时候会想，我把她写进我的书里，那么就算有一天我不记得她了，也还会有许多读者会记得她，也许她也会看到，然后拿着我的书找到我，说：'嘿！我在这里！你找到我了，我们之间是真爱，我们赢了，赢了那个诅咒！'可是……"

阿尤接过话："可是，你依旧找不到她，依旧无法抗拒地遗忘她。"

骆珵扯起一个淡淡的笑："你知道拥有比所有人都要漫长的过去是种什么感受吗？那可不是值得炫耀的事，而是一条时间都无法左右的路，踽踽独行的人只有你一个。"

"我不怕生命走到尽头，我只是害怕我穷尽了这漫长的一生还是找不到她。"

从骆珵处回来后已是后半夜，太久没合眼的我迷迷糊糊睡了一大觉后，猛然发现自己和阿尤换回身体了！

"阿尤！你看呐！"我兴奋地叫了起来。

阿尤一反常态地没接我的话，我找去，只看见已经回到自己身体的她正静静地靠在摇椅上。

今晚那双好看的眼睛是琥珀色的，细碎的月光洒进里面，就像投入片小小星河。

我悄悄地一屁股坐在她腿上："阿尤，你别气馁啊。这单生意做不成，我们还会有其他的，我们会挣好多好多钱，我会有好多好多小鱼干……"

阿尤回过神，垂下眼看我："黑土，如果找到了你前主人，你还会跟着我吗？只能吃着一周一次的小鱼干。"

我愣住了，说实话我从没考虑过这个问题。阿尤叹了口气，告诉了我今晚她看到的感应画面。

"我看你个臭丫头脑子是真缺根筋，尾巴上有三根白毛的就一定是我吗？你就不许其他的黑猫也赶时髦挑染下啊。"

"可它的脖子上挂着和你一样的小圆牌，黑土。"阿尤的声音听起来有些发涩。

安静了好一会儿，我抬眼道："阿尤你应该知道，女巫是不能随便施诅咒的。以前的女巫在人们眼里是神秘的象征，在一些隆重的场合若能请到女巫都是件值得庆贺的事，随便下诅咒的女巫轻则被夺去法术记忆，重则天火焚身。

"而且诅咒了本应该幸福美满的新人，将我丢弃不顾，你认为这是件说原谅就能原谅的事吗？"

阿尤眼里闪过一丝光，又很快暗下去："她能下诅咒，肯定很厉害，脑子也一定比我好使，说不定还有好多好多小鱼干……"

"阿尤！你真以为我黑土是因为小鱼干才认你当主人的吗？那我为啥不直接跟西街钓鱼的老头走？我认你当主人还不是因为你蠢、没心没肺、冒冒失失，你说我一把年纪的还天天为你操心，你现在还怀疑……"

我气哼哼地还没说完就被阿尤一把抱住，那个丫头狠狠地朝我头顶吧唧一口，清幽的草药香瞬间填满我的周身。

"黑土，亏我没白疼你！"

"干啥干啥，我还没说完呢！"我挣扎着要出去，"如果我真是她的猫，那我一定要和她好好聊聊。"

阿尤瞬间紧张："聊什么？"

我眯起眼，磨了磨牙："当然是问问她为什么要给我起名叫黑土！"

第二天，我和阿尤一觉睡到日上三竿，是房东大婶来敲门才把我们弄醒了。

大婶捋了捋她刚烫的小卷发，瞟了阿尤一眼："你这几天收拾收拾，这儿租不了了。

"你别怨我啊！我也是没办法，你以为我不想租啊？只是这事儿我做不了主，这块地被卖给政府了，听说要建什么图书馆，你看这还是我和这地皮主人签的合同呢！我也是昨天才知道，我也是受害者，说卖就卖了，这么偏谁来这儿看书啊……"大婶将手里的合同甩得"哗啦"响，眼尖的我无意一瞥，就看清上面有一个熟悉的签名。

骆珵。

骆珵住的地方离他创作专用的别墅还挺远，那是个清净的高档公寓，不过好在没费什么工夫就找到了。

"阿尤小姐？"开门的男人有些诧异，"你是怎么知道这里的？"

"找你可比你拜托我要找的人好找些。"我趴在阿尤肩头，见她拨了拨长发，斜睨地看着骆珵，"骆先生涉猎范围挺广啊，房地产您也有参与？"

骆珵听得一头雾水，待了解清楚后男人抱歉地笑笑："那块地很久之前就在我名下了，因为近几年政府要扩建些学校图书馆之类的，我想想反正地多，闲着也闲着，卖掉建个图书馆也挺好。连累到阿尤小姐真的是抱歉。"

呵，不愧是精通凡尔赛文学的小说家。

阿尤叉着腰，直直地盯着骆珵："反正我和黑土现在被赶出来了。"

"你要对我们负责！"

果然，阿尤还是那个语出惊人的阿尤。

最后，骆珵还是对我们负了责，让我和阿尤住进了他家。

……的楼上。

好吧，其实那套房也在他的名下。

骆珵说，他家的楼下和对门的房子也都是他的，而他这样做只是为了清净。

你问我和一个老古董做邻居是什么体验？

大概就是当他每天呼吸清晨的第一缕新鲜空气时，楼上的我和阿尤还睡得昏天黑地。

他每天都会去超市买最新鲜的牛奶和蔬菜，按时吃一日三餐。而我和阿尤往往就三餐并两餐，她坐在桌这头吃冒着热气的螺蛳粉，我就在桌那头啃有嚼劲儿的小鱼干。

我们都吃不惯骆珵带我们去的高档餐厅，骆珵也喝不惯阿尤请的啤酒。

喝惯了的葡萄酒换成了啤酒，还没两瓶骆珵便醉醺醺了，喝醉的男人真实得有些可爱，他拉着我的爪子一遍又一遍地叮嘱我，可要看好阿尤，不要让她也走入歧途。

骆珵还说他曾经在小说里写过一个男人，他有一大片玫瑰花园，其实那人的原型就是他自己，他还说下回有机会，要把我们也写进去。

骆珵除了工作和睡觉外，还会去打高尔夫，听音乐会。而我和阿尤的娱乐活动大概就是她看闲书，我刷小母猫视频。

所以当骆珵拿着两张音乐会的票敲开房门时，我和阿尤都是一副你莫不是找错人的表情。

可是阿尤还是和他去了，我待在车上等得昏昏欲睡。终于，在眼睛合上的前一秒，我看见睡得昏天黑地的阿尤被骆珵背着出来。

等我睡饱了醒过来时，发现自己躺在一张宽敞柔软的沙发上。我定了定神，原来这是骆珵的家。

骆珵不在，阿尤也不知道什么时候醒的，正坐在一张书桌前，神情严肃地看着桌上的一个盒子。

是那天她碰倒的盒子，里面是那支黑色的羽毛笔。

"你要干吗？"

阿尤冷不丁被我吓了一跳，见我醒来，她直视我，扯出一个淡淡的笑："黑土，上次没来得及看完的东西我们要不要……"

"不要不要！我一点也不想知道！"我跳了过去，用爪子死死摁住她的手，"阿尤，我们不要打开这个，我们回家吧。"

"黑土，骆珵的故事你还不明白吗？每段过去都不应该被遗忘，哪怕是不愿记起的，也不能抹掉它的存在。我记性不好没事，我可以用笔记下来。"阿尤随手拿起骆珵桌上那支看起来很昂贵的羽毛笔。

雪白与墨黑，两支羽毛笔可真像啊。

"哪怕她现在不在了，你也应该记得她的模样。"阿尤不顾我反对，拿出那支羽毛笔，闭上眼。

片刻后，半空中浮现出黑紫色的光影，是一个披着黑袍的女人背影，她有着和阿尤一样的焦糖棕色卷发。

我直直地盯着那团人影，脑子里嗡嗡作响，像是有什么东西要汹涌而出。

"这世间存在着某种情感，承载着一切美好，也藏匿着所有黑暗。"她的声音竟不似枯朽之木，而是如山泉般穿透有力。

"真挚与虚伪相共，漫长又短暂。"女人突然放声狂笑，洪亮的笑声震颤着我的耳膜。

"年轻愚昧的人啊，时间会让你们再次相遇。那么在这之前……"
女人缓缓转过身，"我愿你百岁无忧，万世安康。"

黑袍之下是一张年轻的脸。

而那双蓄满泪水的眼睛闪着湛蓝和黛绿！

我叫阿墨，是只黑猫，全身上下就尾巴上有三根白毛。

给我取这名字的女孩叫阿尤，她有一双狡黠的圆眼睛，可爱的雀斑以及天生的焦糖棕色卷发。

阿尤的名字是蒂纳取的，蒂纳也是个女巫，我不知道她多大了，因为她看起来只比阿尤年长几岁，可声音却是成熟睿智的。我听那个活了很久的老渡鸟说，这座塔还没爬满绿藤蔓的时候，她就每晚坐在塔顶晒月光了。

阿尤是蒂纳的小学徒，那可真是个聪明又调皮的小女巫。

记得蒂纳刚把我领到阿尤跟前那天。

面前的女孩有些没礼貌地歪头打量我，语气傲慢又可爱："你怎么这么黑？比我写字用的墨水还要黑，我叫你阿墨好了。"

蒂纳教阿尤如何熬草药，第二天阿尤就将蒂纳珍藏多年的红葡萄酒偷了出来，混着新鲜挂着露水的草药"咕嘟咕嘟"熬了一大锅，然后醉得不省人事。

蒂纳还有一支神奇的魔法羽毛笔，有天被阿尤偷偷翻了出来，就在阿尤拿着那支笔要念咒语的时候，骑着扫帚的蒂纳赶了过来。

那是我第一次见蒂纳发这么大的火。

"女巫是不能随便施咒的，知不知道？等到了你被惩罚了烧成灰的时候，我看你还怎么偷喝我的葡萄酒？"

蒂纳很生气，后果很严重，于是阿尤就被她罚去看护她的玫瑰花园。

阿尤气哼哼地躺在山坡上，又圆又亮的月亮她不去看，晚风把她身后的玫瑰花吹得哗啦响她也不关心，就连我听到好像有人从悬崖掉下去了她都没抬眼。

"哎呀！是个男的！"

"嘿！他挂树上了！"

"呦！树好像要断了！"

"完了完了，他死定了！"

阿尤终于被我吵烦了，快速念了个咒语，下一秒那个掉在半山腰的男孩就又好端端地站在了草地上。

他可真是好看啊，有着双深邃的眉眼和高挺的鼻，此刻正认真地打量着我和阿尤。

"请问，刚刚是你救了我吗？"阿尤又躺回了地上，没有说话。

"你会魔法？"阿尤没理他。

"原来你是女巫！"阿尤依旧不说话。

"那你肯定有那支神奇的魔法羽毛笔吧？"

听到这儿，阿尤终于忍不住跳起来："我才没有！而且蒂纳也不许我碰它！切，有什么稀罕的！送我我也不要！"

"你不知道吗？"男孩走近一步，"这笔可厉害了，我就是来找它的，我要用它来许愿。那，你能带我去找蒂纳吗？"

阿尤终于瞥了眼那个男孩："有什么了不起，不就是支羽毛笔吗？

我也可以送你一支，不用去找蒂纳。"

阿尤站起身，眼睛里闪着湛蓝与黛绿的光泽："明晚这个时候，还在这里，我会送你一支羽毛笔，肯定比蒂纳的还要漂亮！"

于是第二天夜晚，阿尤连蒂纳做的蘑菇汤都没喝完就带着我跑了出来。

那个男孩早已坐在山坡上。

"呐，送你的羽毛笔。"

男孩欣喜接过，但他很快发现这只是支普通的羽毛笔，什么魔法也没有。

"胡说！"阿尤急得涨红了脸，"这上面是有魔法的，这支笔只有你和我可以用来写字，其他人都写不了。这明明就是魔法，蒂纳的羽毛笔都没有这个魔法！"

阿尤的眼泪像豆子似的噼里啪啦直掉，我和男孩都手忙脚乱地替她擦眼泪。

"对不起啊！我不是这个意思，我很喜欢这支羽毛笔，我会一直带着它的。"

阿尤终于被哄得止住了泪，男孩伸过手："我叫诺亚。"

阿尤抹了把眼泪又揉了揉鼻子，伸过湿漉漉的小手："我的名字太长了，蒂纳叫我阿尤，你也可以这样叫我。"

从此，小女巫阿尤的生活里不再只有蒂纳和阿墨，还多了一个叫诺亚的小男孩。

某天，阿尤偷偷挖了棵蒂纳的玫瑰送给诺亚。

"玫瑰是送给喜欢的人的，我父亲送给我母亲的就是玫瑰花，每年都有那么一天，整个国家处处都摆放着鲜艳的玫瑰花。"

诺亚的父亲管理着这座塔以北的一个国家，诺亚是王子。

"那就没错啦！"阿尤将玫瑰往诺亚怀里一塞，"阿尤喜欢诺亚，所以阿尤送诺亚玫瑰花。"

男孩接下了那株娇嫩的玫瑰，欣喜地将阿尤抱了起来："那诺亚要和阿尤在一起！"

男孩抱着女孩转了一圈又一圈，在山坡上一遍遍喊着："诺亚只会和阿尤在一起！"

春天撩人的暖风偷听到少年少女的誓言，将每字每句吹向大山，带到河流，飘向天空，呼啦啦在世界的每个角落回响，让所有听过这句话的一切都为他们作证。

时间飞快，阿尤已经长得比蒂纳高上一个头了。

可是突然在春天的一个夜晚，诺亚像往常一样和我们挥手下山后便再没有出现。

第二天没有。

第三天也没有。

第四天也是。

阿尤照样天天带着我给蒂纳捣蛋，只是到了夜晚，她就会坐在洒满月光的山坡上，拿出一个大大的海螺放耳边。

里面只藏了一句话："诺亚只会和阿尤在一起！"

后来，从北边飞来的燕子告诉我，不久之后，北边那个国家就要为他们的王子举办盛大的婚礼了。

据说新娘会是邻国的公主。

我没敢把这件事告诉阿尤，直到有天晚上，坐在塔顶晒月光的阿尤忽然认真地问我："阿墨，王子就一定要和公主在一起吗？"

我一时不知如何回答，张了半天口只愣愣回了句："喵。"

也是那个晚上我发觉，阿尤，那个平日里像个小太阳似的暖烘烘地绕着你转不停的女孩，多了不为人知的一面，就像那沉静如水的月光，白晃晃地照进你心里。

不过阿尤也该学学文静了，毕竟还有三天她就十六岁了。

在十六岁生日那天，她的父亲和母亲会用装着珍贵绿宝石和玛瑙的马车来接她回家。

忘了说，阿尤的父亲也管理着一个国家，就在迎着太阳升起的东边土地上。

06

在遇见阿尤之前，我还不叫阿墨，但时间太久远了，我已经不记得我叫什么了，我只知道我是一只黑猫，全身上下就尾巴上有三根白毛。

我的主人叫蒂纳，她是这座缠满藤蔓的高塔的主人，也是这片永不凋败的玫瑰花园的主人。

她是位厉害的女巫，有一支神奇的魔法羽毛笔，既能送出最美好的祝愿，也能写下最恶毒的诅咒。

有天晚上，蒂纳照常躺在塔顶晒月光的时候，忽然告诉我不久后她就要走了。

我问她去哪儿，什么时候回来。

蒂纳笑了，露出一口整齐的小白牙："我也不知道，活了太久就要休息了，这点无论是女巫还是人类都一样。"

我坐直身体，盯着她："你是要死了吗？"

"死？"蒂纳又笑了，她笑起来其实很好看，"那也不一定，我可能会成为一颗石头，一条河，或者一棵树也不错。"

"你会有一个新的主人，很快你们就会见面了，是个可爱的小家伙，听说她有双漂亮的异色瞳。"

这个我知道，很多人都知道。

东方王国的王后生了个小公主，有着可爱的尖下巴和一头焦糖棕色的卷发。

但他们不知道的是，小公主还有一双湛蓝和黛绿的漂亮眼睛。

那是只会在满月的时候才会出现的女巫印记。

为了让小公主健康平安地长大，国王悄悄将她送到了住在高塔上的女巫这儿，她会跟着世上最厉害的女巫学习魔法，直到她十六岁时再接回去。

有人说，遇到缠满绿藤蔓的高塔千万要绕路走，因为你永远不知道里面到底是囚禁着一位美丽的公主，还是住着个丑陋恶毒的女巫。

"为什么我不能既是一位公主，也是位女巫？"阿尤一口气喝光了蒂纳做的蘑菇浓汤，可怜巴巴地舔了舔唇，抗议道，"蒂纳，你今天又少给我盛了半碗，我吃不饱就没有力气给你浇玫瑰花了。"

蒂纳无奈地给她加了一勺："阿尤，你父亲把你送到这儿，并不是要让你长得像塔下那只只会挖洞睡觉的鼹鼠那样矮胖的，你要记得你是个公主，公主要……"

"要善良勇敢，美丽优雅。"阿尤接过话，尽管此时她的嘴角挂着亮晶晶的汤汁，而那头漂亮的焦糖色卷发也乱得像蒂纳堆在角落的细树枝一样。

"蒂纳，你只会讲公主要这样公主应该那样，可我就不能当一个自由傲慢、古怪又可爱的小女巫吗？"

阿尤噘着嘴，声音里透着小委屈："而且，我听说我父亲那儿没有成片的玫瑰花园，也没有让我可以晒月光的高塔，我不想回去，蒂纳。"

蒂纳笑了起来："可是那儿有忠心的仆人，疼爱你的父母，拥护你的子民，最重要的是，会有一位深爱你的王子。"

阿尤才不关心什么仆人王子，她那双圆眼睛亮晶晶的："那儿会有蒂纳做的美味蘑菇汤吗？"

"那倒是没有，不过，我会送你一支魔法羽毛笔，你想要什么都可以。"

蒂纳送给阿尤十六岁的生日礼物就是那支魔法羽毛笔，也是那天，我和阿尤坐进了镶满绿宝石和玛瑙的马车。

缠满藤蔓的高塔，成片的玫瑰花园和一笑起来会露出小白牙的蒂纳就这样慢慢被落在了后面，再回头就看不见了。

城堡的日子和高塔里的太不一样了，虽然我每天醒来就能吃到好多美味的小鱼干，虽然阿尤送了我一个用金子做的小圆牌，她亲手刻上我的名字，歪歪扭扭。

但我还是觉得城堡的日子实在过得太漫长，太难熬了。

当然觉得最难熬的还是阿尤，她不喜欢母亲叫她高贵却冗长的名字，不喜欢穿华美繁琐的裙子，更不喜欢梳优雅高贵的发髻，尤其不喜欢她父亲为她答应下来的婚事。

听说是邻国的王子，明明从未见面却非要阿尤做他的新娘。

阿尤又羞又恼，在王子带着成队珠宝前来拜访的时候，她带着我爬上了城门口那棵最高的树。

"我们把那个糊涂蛋吓走吧！"阿尤眼里闪着狡黠。

可当她刚见到王子还没来得及用魔法时，她就从树上咕噜滚了下来。我纳闷地看了眼最前头那骑着高大白马的人，也吓得爪子一滑挂在了树丫上。

那是个英俊好看的男人，有着深邃的眉眼和高挺的鼻。

我甚至还记得他曾经说过的话。

"诺亚只会和阿尤在一起。"

原来诺亚在遇见阿尤的那一晚，就记住了她焦糖棕色的头发。

诺亚的记性一向很好，在迎着太阳的东方国度，王后生了个小公主，有着可爱的尖下巴和独一无二的焦糖棕色卷发。诺亚很想见见，可小时候随着父亲去拜访的时候，他却从来没有见过那个公主。

直到那个夜晚，诺亚终于见到了那个有着一头焦糖棕色头发的女孩。

原来童话故事里的王子和公主真的会在一起！

阿尤现在每天见谁都笑眯眯的，她开始尝试穿各种美丽的裙子，学习优雅却繁冗的礼仪，也允许别人将她漂亮的卷发盘成各种高贵的样子。

"蒂纳说得对，我是一个公主，要善良勇敢，美丽优雅。"说这话的时候，阿尤正在认真地挑着玫瑰花，那是要用在三天后的婚礼上的。

阿尤和我已经住在诺亚的城堡里了，虽然我很不喜欢他的父亲——那是个有双阴鸷眼睛的老男人，总是让我想起那只曾经飞过高塔的秃鹫。

"你看诺亚这个糊涂蛋，玫瑰花怎么能封在玻璃瓶里呢？好看是好看吧，但总要枯萎的，我们再去给他送一朵吧。"

阿尤带着我和一盆鲜活的玫瑰花去找诺亚，我们不知道那个时候他的父亲也在。

"……公主？呵！你见过会在山坡上打滚的公主吗？你见过爬树比她那只黑猫还快的公主吗？不要告诉我你是看中那张漂亮的脸蛋！"

"父亲！"年轻愤怒的声音响起。

我们站在门后，我看见阿尤在发抖，她抱紧了手里的玫瑰。

"……她不只是个公主，她还是个女巫。"

年轻王子的声音冷淡得像冰冻的泉水："女巫能为我们带来平安与胜利，不是吗？"

原来在那个春风拂过的夜晚，年轻的诺亚不仅记住了阿尤焦糖棕色的卷发，他更是看清了皎洁的圆月下，她眼里的湛蓝与黛绿。

"你有那支神奇的魔法羽毛笔吗？"

"这笔可厉害了……"

"……我就是来找这笔的，我要用它来许愿！"

王子会和公主在一起，童话故事里都是这样讲的。

但，那是因为爱吗？

阿尤之前预测过婚礼那天会下一场大雨，我不明白为什么不推迟举行婚礼。

现在，我好像猜到了什么，因为那天是个满月。

那天，北方国王的王子会宣布他的新娘是东方国王的公主，同时也会宣布她是个女巫。神秘高贵的女巫会安定他国民的心，会给他们的国度带来永久的平安与胜利。

阿尤自那天起就没吃过什么东西，我以为她是为了穿婚纱好看。但其实已经很好看了，哪怕那可爱的眉毛不再弯弯的，那双漂亮的圆眼睛里蒙着我看不懂的雾气。

我还是第一次见到阿尤这么端庄美丽的模样，我忘了她生来就是万人瞩目的公主。

阿尤和诺亚走过万众宾客的面前，走过铺满玫瑰的毯子，就像他们曾经走过的那些暖风拂过的山坡，走过洒满月光的林间般，坚定而虔诚。

两人站在众人瞩目的地方，我听见阿尤问诺亚。

"你爱过我吗？"

诺亚说过非阿尤不要，说过只和阿尤在一起，却好像从来没说过他爱她。

诺亚笑了："今晚之前，你是高塔里无人所知的小女巫，是东方国家神秘的公主；今晚之后，你就是我唯一的恋人，也是我们国家备受敬仰的尊贵女巫。"

"我问的是，你爱过我吗？"阿尤的声音变了，是我从未听过的寒冷凛冽。

黑紫色的浓雾聚集又消散，穿着洁白婚纱的阿尤不见了。

站在那儿的，是披着黑袍，双目怒圆的阿尤。

我看见阿尤拿着蒂纳的那支羽毛笔，心里一沉，跳上她的肩想阻止她，可是为时已晚。

阿尤的眼里闪着湛蓝与黛绿，诡异得就像一个真正恶毒的女巫。

"这世间存在着某种情感，承载着一切美好，也藏匿着所有黑暗。"阿尤的声音尖亮而嘲讽，而那双会笑得眉眼弯弯的眼睛此刻蒙上了潮湿的雾气。

"真挚与虚伪相共，漫长又短暂。

"时间会让你们再次相遇……那么在这之前。"

阿尤盯着诺亚，漂亮的异色瞳蓄满泪水，瞳仁中倒映着那个曾陪她长大，度过喜怒哀乐的男孩。

是他陪着她数过一晚又一晚的星星，晒过一轮又一轮皎洁的月光。

也是他，笑着将她眼里细碎明亮的星光狠狠揉进了黑暗里。

"我愿你，百岁无忧，万世安康。"

07

女巫之所以会受到人们尊敬，是因为她们会送出最美好的祝福与庇佑。而那些施了恶毒诅咒的女巫，留给她们的只有上天的惩罚，轻则被夺去法术记忆，重则天火焚身。

那天之后阿尤就丢了记忆，以为自己就是个没什么天赋的小女巫。而我记不得这一切，也忘了我曾经拼尽全力将丧失意识的阿尤从烈火中救了出来。

一个诅咒，一场大火，烧秃了我前爪的毛，也烧掉了王子和公主的幸福结局。

记忆拼全，我看见阿尤眼里噙着明晃晃的泪水。

"阿尤……"骆珵站在门口，不知何时出现的。

男人苍白着脸，瞳仁漆黑如水，薄唇发颤，沉甸甸的目光落在阿尤身上。

阿尤坐在书桌前，手里是骆珵的那支雪白的羽毛笔，而笔下是未完成的画。

这支羽毛笔是她送给他的礼物，这世上只有他们能用这支笔写下东西。

时间会让你们再次相遇，那么这一次，是诚挚的人来纠正一切错误？还是愚昧者的消亡？

那天之后，我就再也没有见过骆珵，因为阿尤带着我搬了出来，住进了一所独栋带着尖尖屋顶的红房子。

但之前那个无忧无虑像个小太阳的阿尤还是消失了，虽然她还是会在雨天抱着我睡觉，会整晚整晚去屋顶晒月光，可是她那双漂亮的圆眼睛再也不会弯成月牙了。

阿尤沉默了好多，我天天趴在那儿刷小母猫视频也觉得无聊，便去了以前住的地方转转。

小院子拆了，老银杏也不在了，那里建起了一座崭新的图书馆，看门的老头总是打瞌睡，我便天天溜进去，像阿尤那样翻些杂书来看。

有天夜晚，我赶在那老头关门前溜了出来，快到家的时候，我看见大树下站着一个颀长的身影。我瞥了眼那人，眉眼依旧深邃好看，只不过那没什么血色的薄唇在夜晚看起来有些诡异。

"你是怎么找到这儿的？"我好像是这么久来第一次和他说话。

"其实这片地也是我的，但你别告诉她了。"

男人蹲了下来，眼眸漆黑，他冲我笑笑："你比以前胖了不少，有关她的片段我也总是在遗忘，所以之前没认出你来。"

哼！见我气鼓鼓要走，骆珵喊住了我，他拿出一个玻璃瓶，里面是阿尤曾经送他的那朵玫瑰。

"我想了想，还是把这个送过来了，挺好看的玫瑰，别放我那儿糟蹋了。

"其实我挺开心的，你会一直陪着她吧？我是没多少时间了，活了这么久也应该够了，是要休息休息了。"

骆珵看了眼那红房子，似乎还有什么想说的，但终是张了张口没说话。

男人最后一句话的语气听上去很熟悉，我想了很久才记起蒂纳曾经也说过这样的话。

骆珵离开了，我叼着玫瑰花走进屋前，看见坐在屋顶的阿尤。我不知道她在那儿看了我们多久，我和她对视了一眼，阿尤沉静的目光淡淡略过那支玫瑰，什么话也没说。

后来我在图书馆看到了骆珵的书，也找到了他写的那个拥有一大片玫瑰花园的男人。

那是个被放逐的王子，只因为他爱上了女巫。

在书的最后，我看到了这样一句话。

——关于王子到底是喜欢女巫还是会和公主在一起这个问题，王子本人也不知道。因为女孩是傲慢的公主也行，是古怪的女巫也罢，只要是她。

王子从来只爱她。

我一口气跑回了家，在阁楼的躺椅上找到了阿尤。我跳到她腿上，眼睛睁得圆溜溜地盯着她，把她曾经说过的话都丢给她。

"每段过去都不应该被遗忘，哪怕是不愿记起的，都不能抹掉它的存在。

"振作起来！不就是个男人嘛，有什么大不了的！痛快点！

"不爱，简单！直接坐这儿等着他忘记你后嗝屁了，就大事告成。然后凭我们阿尤的这张脸，还怕以后嫁不出去吗？

"爱，那就找到他站在他面前，说出我爱你然后诅咒解除，王子和公主幸福地生活在一起。

"不要整天一句话不说只会发呆，你不开心我还不开心呢！阿墨都能被你喊成黑土，你知道我多不喜欢这个名字吗？"

"阿墨。"阿尤突然看过来，被叫惯了黑土我还有点没反应过来，"我去不去，说不说，其实都没用。"

阿尤好看的圆眼睛浮出一丝复杂的光："纠正一切错误的话，那些未说出口的话。

"从来都是要他来说。"

阿尤就是阿尤，很好地继承了女巫的古怪，在她给他诅咒的同时，也交给了他解除的权利。

原来骆珵永不停歇寻找的解除诅咒的钥匙一直就在他自己的手里。

我和阿尤又互换身体了。

当我们找到骆珵的时候，他的脸色白得就像毫无生气的冰冷骨瓷。男人皱着眉头看了我们半天还是没想起来我们是谁，不过他还是朝我们礼貌地笑了笑。

"读者朋友？奇怪，我今天没有预约啊。来了正好，和我聊聊天吧，我正想说说话。这是你的猫吗？可真胖啊。"

我看着骆珵将变成猫的阿尤抱起来，轻轻地摸着她的脑袋："我记得我爱的一个女孩儿她也养了只猫，她啊……她……"骆珵努力回想着，可他的脑海里已经几乎没有关于她的记忆了。

"抱歉，我最近脑子越来越不好使了。我刚刚说了什么，噢，对，她是我心爱的女孩。

"那是我见过最可爱的女孩，她总喜欢告诉我很多趣事，可是不知为什么我后来就找不到她了，我还有话没跟她说呢……总是这样，没来得及，那是什么来着……等下，抱歉，我好像又不太记得了。

"我要和她说……说……噢对，我记起来了。

"我要和她说我爱你，我以前忘了说，你看我这次没忘，我要和她说我爱你。"

如果有一天我会慢慢忘记关于你的一切，你的模样，你的名字，你的声音，那么留在最后的一件事。

一定是我爱你。

08

我是只黑猫，叫阿墨也叫黑土。

现在，阿尤忧伤的时候会叫我阿墨，开心的时候就会叫我黑土，我全身上下就尾巴上有三根白毛。

什么，你问我王子和公主最后在一起了吗？

放童话故事里确实是这样的，不出意外的话。

如果出意外呢，嗯，那就不太好说了。

首先你要看这位公主是不是一个女巫，其次是她会不会下诅咒。

就算最后诅咒解除了，那她也不一定会原谅那个王子，毕竟高贵的公主哪能那么容易追到手呢。

我和阿尤还是会互换身体，且时间不定。

比如此刻，待在阿尤身体里的我被快递员又一次塞了一大捧鲜艳的玫瑰花，上面还有一张卡片：阿尤小姐，这是我第二百六十四万零八十八次说我爱你了，我准备了美味的奶油蘑菇汤，不知今晚可否共进晚餐？

　　落款：骆珵。

　　我抬头瞥了眼躺在摇椅上的黑猫，只见阿尤懒懒地翻了个身，舔了舔爪子，眼皮抬也没抬地吐出三个字。

　　"丢出去。"

　　好吧，现在我能告诉你，王子和公主还没有在一起。

　　起码今天是这样。

棉花糖精灵

一份蚂蚁的甜梦

一盒星星的睫毛

燕子的羽毛一束

少女眼角的露水三颗

我愿意用翅膀交换

JIAOHUAN · 交换 · 尤莉斯

云坠杂货铺

文/钟意你

追求浮于表面世俗快乐的迷人反派。微博@钟意你-y。

◆ 01 ◆

门口的桔梗铃铛从粉色变成了白色，整个屋子被淡雅的花香笼罩，这是有客人找上门来的征兆。我连忙扔下从人间淘来的焦糖瓜子，平板上显示播放进度条刚刚过半，我恋恋不舍地按下了返回键，满脑子都在思考"他们到底亲上了没有啊！急死我了！"

为了省电我拆下了那个异常耗电的云朵灯泡，这会儿为了接客抬手把它装回头顶那个缺了一角的大灯上，整个杂货铺立马亮堂了起来。

徒手装灯泡的间隙，我还踢醒了昏睡了三天三夜的兔子，让它赶紧起来打扫卫生。万一是云界巡逻官来微服视察，看到杂货铺是这个糟糕的状态，我的店铺排名肯定要再次下降。

"有什么区别吗！我们早就是倒数第一了，唉。"兔子还没睡醒，边扫地边抱怨。

等我们手忙脚乱地把杂货铺收拾到勉强能落脚的程度，浓雾大门已经变得接近透明，客人正好跨过倒置线门槛。

"欢迎光临云坠杂货铺，请问您有什么需要？"我挂起职业微笑，露出八颗牙齿，内心却在真情实感地吐槽《云界从业人员接待顾客指南》：制定规则的人到底有没有深入过基层了解实际情况？知不知道这样笑不仅丑还容易脸僵？

在看清顾客的样貌之后，我鼓起的腮帮子瞬间塌下去，咧开的嘴从上扬变成了下撇："你怎么又来了？这次要干吗？你上次非要拉着我去什么边界海看日出，结果下暴雨，我被淋到发高烧；上上次拉我去祈福树看花，结果被叮虫精咬了一身包……我们是精灵欸！精灵祈什么福啊！"

来人是云界巡逻官——前任，柑笛。人家现在早已升职加薪，身居高位，但我对他实在是没有什么好脾气，因为我的杂货铺在整个云界商城排名倒数第一，完全是拜他所赐。

02

云界商城建立之初，宗旨是在精灵国内打造一个高效且现代化的综合商业圈，所有的店铺都有配套装修，维持店铺运营的魔法由云朵管道统一输送，展现了云坠城的最高魔力水平。每年云坠城的代表们出席什么峰会，一定会把云界商城拿出来吹嘘。

原本我也填了商铺经营申请表，想去卖霞织云衣或者星子灯，结果在等待审批的时候出现了意外。那天我喜滋滋地去围观商城封顶，顺便去看看审批结果，畅想即将开始的销售生活，结果还没等我跨进分配处的大门，就被穿着巡逻官制服的柑笛拦住了。我只觉得这个帅哥看着好生眼熟，像是在哪里见过，于是停住了脚步，想看看他到底要做什么。

谁料他说我骨骼清奇，是精灵界千年难得一遇的经营奇才，让我去卖灯实在是有些屈才。他不忍心看明珠蒙尘明星陨落，组织有更重要的任务想要交给我。

　　我被这些漂亮话砸得晕头转向，"嗖"的一下露出我的精灵翅膀，然后凑近柑笛小声低语："一般人我都不给他们看的，我觉得你是个识货的，让你见识一下，我的翅膀上面印着钱币的图案哎，天生的。这说明什么，这说明我天生带着赚钱的慧根。就是我的翅膀有点小，不够大气，像营养不良。"

　　柑笛伸手摸了摸我翅膀上的图案，痒意席卷全身。按理说我应该生气地拍掉他的手，呵斥他这种无礼行为，可我只是傻站在原地——美色实在是太耽误事。

　　柑笛一边跟我聊天，一边带着我往店铺那边走，我们穿越云坠大厦，最后七拐八拐总算是到了地方。

　　我环顾四周，看着这个下沉式商场负一楼的地理位置，心里咯噔一下，在这种精灵根本不会来的地方开店，不出三个月门上就要贴转让信息。再一看那个小木屋的装修，我更加心梗。精灵们兢兢业业谋发展搞建设不就是为了摆脱原始时期的东西，结果这个小木屋不仅装修风格十分旧物复兴，灵力加持也几乎为零。

　　我十分后悔轻信了柑笛的话，但是我已经签了合同，违约金好贵，我赔不起。我面如死灰地看着柑笛，他还在给我洗脑："我们走得太快了，现在的生活很好吗？大家靠着魔法，轻而易举就能获得很多东西，真心变得越来越不值钱。这个小木屋的存在就是想要大家停下来，看看自己的内心，现在的快乐是真的快乐吗？"

我："是真的快乐。"

柑笛："你不能这么肤浅，灵石能买到快乐吗？"

我："只要灵石足够多，能获得的快乐根本无法想象。"

柑笛冲我露出和煦灿烂的笑容："那你有足够的灵石为毁约付出代价吗？"真是杀人诛心。

反正在我本人极不情愿的情况下，我和柑笛签订了契约，成为云坠杂货铺的主人，开始我被迫打工的苦命生涯。而柑笛从那以后就像狗皮膏药一样缠上了我，经常出现在我身边，监督我有没有认真营业。

我一度怀疑柑笛巡逻官的身份是假的，到底是哪个精灵部门能闲成这样，整天无所事事。

云界商城有店铺满意度排行榜、销售额排行榜和利润排行榜，这些排行榜又细分为月榜、季榜和年榜。外卖店、服装店和草药店这三大巨头在榜单上打得难舍难分，游戏店和家具店后来居上，但是无论是哪个榜单，我都稳居倒数第一不动摇。

因为我根本就没有生意！

杂货铺里的东西不能用灵石购买，只能交换，模式有点像人界前些年大火的以物换物。但是我店里的东西更加稀奇古怪，比如用少女的泪换一个甜甜的梦，用边界海上的第一缕日出光芒换月见花种子，用赤诚之心换赠予恋人的巧克力……

我自己当然变不出来这些东西，杂货铺里有个泉眼，对着泉眼说出你的愿望，付出相应的代价，只要泉眼同意，你就能如愿以偿。我根本搞不懂为什么在整个屋子没有灵力加持的情况下还能有个永不断流的泉眼，别问，问就是更高级的魔法。

这个泉眼十分任性，交换能否成功完全靠运气。我曾偷偷试过双手合十对着泉眼恭敬地许愿："信女愿用十斤脂肪交换十斤灵石，请神仙显灵。"泉眼毫无反应。

在一旁目睹了全程的柑笛冷笑一声，嘲讽我这是在亵渎神灵，气得我把他踢了出去。

有天上班途中，我被一阵带着栀子花香的晨风缠绕，它跟着我来到了杂货铺，门口的桔梗突然被激起了奇怪的胜负欲，拼命释放香氛素，那一刻的我突然领悟到"花香袭人"这四个字的威力。

在我昏厥之际，我最后的想法是好遗憾，本来想下班后偷偷去人界买两斤焦糖瓜子，要是花香能换瓜子就好了。下一秒金光一闪，我失灵的嗅觉就恢复了正常，门口的桔梗耷拉着脑袋，一副身体被掏空进入休眠的状态，而那阵跟着我的风消失不见，我的脚边多了一大袋瓜子。

我终于搞懂了泉眼的用途，简而言之就是交换一些精灵们根本不需要的花里胡哨的东西。但是这些东西根本用不着交换！获取它们的途径可太多了，所以我的杂货铺开业至今无人问津。

因为生意实在是太差，反向营销给我带来了一些客流，经常有精灵来拍照打卡，在社交圈里更新动态：今天来云坠城最后一个返古杂货铺逛逛，这里没有灵力加持，没有现代化模式，一切都是最原始纯真的样子！用少女的泪交换甜甜的梦，希望我们今夜都好眠。

实际上他们只会走进店里逛一圈，满脸嫌弃地说一句："就这啊。"这波客流来得快去得也快，最后只剩我一个人孤零零地守着店铺。

柑笛看我实在是寂寞，良心发现后送给我一只兔子，一只与众不同又平平无奇的兔子。它明明那么普通，连化形的能力都没有，但自信得可爱，觉得它是整个云界最漂亮的兔子：雪白的皮毛，软乎乎的耳朵，配上两个大板牙和肉嘟嘟的身子，一看就很好吃。

正当我在红烧和冷吃这两种烹饪方式中摇摆不决时，兔子蹦到我面前，用它湿漉漉、红彤彤的眼睛看着我说："你好呀店长，从今天起我就是你的店员啦，我们一起努力，登顶年榜！"

唉，看来今晚不能加餐了。

我没有给兔子起名字，就叫它兔子。一般这种能说话但又不是精灵的小东西，大抵是和哪位神有些渊源，终究是要回去的，因此我不想投入太多情感。

兔子一开始活力满满，每天把杂货铺打扫得一尘不染，玻璃被它用爪子蹭到锃光瓦亮，它穿着我连夜用缝纫机踩出来的粉红色格裙守在门口，乖巧得不像话。然而在日复一日的无人上门中，兔子亮闪闪的眼眸逐渐变得黯淡无光，起床的时间也越来越晚。

终于一个月后，它开始和我一样自暴自弃，过上了睡到自然醒的日子。

在看到来人是柑笛之后，兔子立马扔了扫把，头也不回地滚回它的窝里继续睡大觉。

柑笛这次没有久留，只是和我说今天天气不错，适合郊游。一听这话，我顿时气不打一处来，我不想去郊游吗！我被困在这里是拜谁所赐！

柑笛走后没多久，桔梗铃铛再次变色，我以为是这个家伙去而又返，没好气地站起来准备送客，结果进来的是个小姑娘，梳着羊角辫穿着件破旧的红色裙子。小孩看起来十分营养不良，眼睛在没有什么肉的小脸上大得出奇，头发也枯黄得像稻草，裙子从长度来看明显短了一截，宽度却绰绰有余，这不就是典型的流浪小可怜。

我瞬间母爱泛滥，从本就不富裕的零食柜里摸出珍藏的巧克力塞给她。

小孩怯生生地看着我，犹豫了半天指着小黑板上的字开口："真的可以用眼泪换甜甜的梦吗？"

我面露难色："这个……应该能行？要不你哭一哭试试看？"

我怎么知道能不能行，小黑板上的宣传海报是柑笛贴上去的，我整天提心吊胆，生怕精灵消费者保护组织上门查封杂货铺，说我涉嫌虚假宣传。

即使心里觉得不靠谱，我还是贴心地拿出一个枕头，万一灵泉发作，小孩当场睡过去，有个枕头也会舒服很多。小孩的眼泪说落就落，"噼里啪啦"砸在泉眼旁边。眼前金光一闪，我大喜，正准备把枕头递过去，万万没想到睡过去的人——是我？

完蛋了，肯定要被差评，这我上哪说理去啊。

06

醒来之后，我发现自己躺在一个巨大的葫芦洞里，洞底漆黑一片，散发着阵阵湿冷气息。我往石壁上一摸，那真是透心凉，只有头顶一小处范围隐约可见天光。

一般情况下，在这种地方醒过来，大概率会被吓傻，但是我不一样，因为我不仅知道这是个梦，还知道这是个美梦。抱着奇异世界愉快一夜游的心态，我站起身开始探索这个洞穴，寻思着总能找到点什么奇门机关，或者碰到哪路精怪。

走了没两步我就感觉自己踢到了什么东西，软软的。我蹲下来，艺高人胆大地直接上手摸，光滑的触感告诉我这是一个人脸，略微有些扎手的短发和挺翘的鼻峰告诉我大概率是个男人。我根本压制不住自己翘起的嘴角，后面的剧情我可太期待了，这不就是美人救英雄的经典桥段！

按照剧情发展，我即将成为他的救命恩人，然后一起想办法逃出这个洞，两人的感情急剧升温……我越想越起劲，一鼓作气提着他的腿想把他拖到洞顶正下方，借着微弱的光线看看他到底长什么样，要是长在我的审美点上，就强迫他以身相许报答我。

我费尽九牛二虎之力把人拽过去，在看清脸的那一刻我听见自己心碎的声音，颓然地坐在地上。一开始我坚信这是一个让我体验精彩剧情的美梦，可是现在，我很难说服自己这不是个噩梦，因为被我拖过来的帅哥长了张和柑笛一模一样的脸。

我起身准备独自离开这个是非之地，刚一抬腿，脚腕就被人死死拽住，即使我知道这是梦，也被这突如其来的禁锢吓得叫出声。慌乱之中我一个重心不稳，直愣愣往地上砸下去，我的大脑一片空白，眼前一片白光晃过，快点让我醒过来吧，求求了！

醒倒是没醒，但也没有出现摔断鼻梁、崩掉牙齿的血腥场面，我被柑笛牢牢接住。他一开始是撑住了我的肩膀，抵消我下坠的力度，随后把我拥入怀中，轻抚我的后背平复我的情绪。

我先是感叹身下之人的好臂力，再是扭了扭身子在他怀里换了个舒服的姿势，最后我终于清醒过来，立刻垮着脸挣扎着想要起来。害我差点摔倒的罪魁祸首不就是柑笛！可他并没有放开我，一直死握着我的腰，这个亲密动作让我的脸通红，幸亏是在黑黢黢的环境里，也没人能看出来。

　　柑笛牵着我的手在洞里转了一圈，在一个犄角旮旯里找到了条不知道从哪里垂下来的藤蔓。然后他一手抱着我，一手扯着藤蔓，再次展现他惊人的臂力把我带出了洞穴。

　　一时间视野无比开阔，我被日光晃得有些晕，一只手立马捂住了我的眼睛，然后微微抬起一点，让光逐渐透过指缝，等到我彻底适应了光线，他才把手抽走。我发现我们身处密林之中。

　　好家伙，原来是荒野求生，我休闲一日游的美妙幻想彻底破碎。

　　梦中的柑笛看起来年轻许多，我看向他的时候，他就冲我咧嘴笑，如果当巡逻官的柑笛是只会说漂亮话的心机狐狸，现在的柑笛就是只把心思都写在脸上的大狗。

　　柑笛好像对这个森林十分熟悉，带着我径直朝东南方向走去。踏入桉树林的那一刻，周遭的景色突然发生了变化，葱郁的树木开始缩小，雨滴纷纷从泥土里逆行而上，回到天空中去。一只衰老濒死的蝴蝶在盛放的玫瑰上重新展翅，下一秒玫瑰变成花苞，蝴蝶蜕变为蛹，一同在枝叶中安眠。

　　柑笛不知何时松开了我的手，再抬头他已经消失得无影无踪。

光阴在分解我，万物在重铸我，直到我变回七八岁的稚子模样。我透过溪水，看到穿着不合身的红色连衣裙的自己，顾不上身体急剧缩小的疼痛，沿着回忆狂奔向密林深处。

　　坠入捕猎网里的少年奄奄一息，我抱着利石爬上树，一点一点划开绳索，石头划破了手心，血顺着绳索落入捕猎网。

　　快一点，再快一点，血不仅会引来野兽，还会引来恶魔。磨断了最后一点绳子，他连着捕猎网一起掉了下去，我快速跳到他身边，扯着昏厥的少年往杂货铺走去。

　　他太轻了，轻到原本我以为背着他会寸步难行，结果我单手托着他就能健步如飞。后来我才意识到这是他的灵力在消散，我更是一刻也不敢停留，拖着他拼命往前冲。

　　终于，在他变成羽毛飘走之前，我来到了女巫的杂货铺。

　　用少女的泪交换甜甜的梦，让他在九死一生的疼痛里能安稳入眠；飞到森林另一端的边界海抓捕第一缕光芒换月见花的种子，用血液浇灌开出洁白之花做药引；用满怀愧疚的心交换巧克力，入口是钻心的苦，而后是醇香的甜，吃完能忘却森林之中的事……

　　我拿出了所有能和女巫交换的东西，救回少年的性命。

　　他离开的那天，我偷偷跟着他走到边界海，少年洗去满身尘埃，背后长出透明精致的翅膀，光芒折射进我眼中，少年的脸庞也镀上一层金边。

　　我在阴影里小声朝他告别："原来你是精灵啊，好漂亮，对不起啊。"

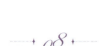

回去之后迎接我的是恶魔厉指掏心的惩罚，他暴戾地毁掉我的肉体，然后挥手把我扔进了黑潭之中，被淤泥包裹着的我再也看不见任何光亮。

我是一块金币，其实也可能不是金币，不知道是什么材质，制成了圆币的样子。不知道为什么我来了这个森林，整天吸收日月精华，逐渐有了点意识，然后被路过的魔鬼捡回家。魔鬼用树枝给我做身子，用苹果做心脏，于是我就成了魔鬼的仆人。

我替他在森林里安装捕猎网用来抓一些失足坠落的动物，我只负责挂网和收网，在网上注入魔法的是恶魔。我从来没想过会抓到一只精灵，等我发现网里不是动物而是一个少年的时候，那个苹果心脏剧烈地跳动起来，酸酸甜甜的汁水浸满我所有的树枝身体。

我要救他。

我知道魔鬼和女巫一向不对付，而女巫并不在意我是魔鬼的小跟班，她叫我"有了感情的小金币"，甚至想烧掉魔鬼给我找的树枝，替我重新捏一个漂亮的身体。

所以当我拖着柑笛去找她的时候，她只是尖叫了一声，随后帮我一起拯救柑笛的性命。

09

这个梦实在是太长了，我找到了不知道为什么被尘封的记忆，以及看到了故事的后半段。

柑笛回到了森林，和魔鬼大战三天三夜，我想他应该是为了复仇，毕竟精灵界的人气巡逻官不可能在森林里受到如此大辱还善罢甘休。

然后我看着他抽干黑潭的水，在淤泥里掏出一枚生锈的圆币，这时候我才知道，我只不过是一块涂了黄漆的破铁。

柑笛带着破铁去找女巫，用赤诚之心交换赠予爱人的巧克力。

他用棉花糖捏了一个小人，在霞织布上精心雕刻翅膀，临了还在翅膀上画了个金币，然后把翅膀插在了棉花糖小人身上。柑笛亲吻了那块生锈的铁皮，小心翼翼地擦拭掉锈迹，最后把铁皮放在了小人心脏的位置。

柑笛冲着女巫鞠躬："那我把她带走了，谢谢您。"

"她在黑潭里睡了太久，很难再记起你。"

"没关系。不管要多久，我都会等她的。"

"这个给你。"女巫打了一个响指，送给柑笛一片桉树叶，"森林杂货铺的缩小版，多触景生情，有利于她恢复记忆。"

·*10*·

等我醒过来，看见柑笛守在我旁边，满目深情。

他刚要开口，我立马打断他："刚刚那个小女孩是你变的？你穿女装？我还想看，能不能换一套？"

柑笛眼眸中的深情瞬间变成恼怒。

紧接着我问出了第二个问题："所以我现在不是苹果加枯树枝了？我是棉花糖小精灵？"

柑笛紧紧抱住我，用吻堵住我喋喋不休的嘴。

在我即将成为云坠城第一个憋死的小精灵之前，他终于放开我："是的，尝过了，甜甜的棉花糖小精灵。"

黑精灵

乌云织成羽毛

葡萄籽酿成心脏

被视为不祥预兆的鸟

是月神的孩子

冷漠的心搅拌出温柔

钻出一朵晶莹玫瑰

是她的爱啊

请你收下

YA · 鸦 · 尤莉斯

屋檐上的黑精灵

文/三途河苍

默默无闻的写字员。

—— 01 ——

她停在所有人的窗口，人们叫她乌鸦；她停在任何一棵大树的树梢，鸟儿们惊惶地展翅飞走；她停在巨大的月亮下，森林中的生灵们纷纷垂下脑袋。

她不知道自己叫什么名字，因为这世上似乎再没有同类可与她对话，名字已经失去了意义，但她知道自己是一只黑精灵。

月夜的子民。

"我应该叫你塞勒尼。"青年坐在窗口阅读今天的公文，清凉的夜风吹进房间，他捂着嘴咳了两声，将腿上的毯子盖得高一些，但没有关上窗户。

黑精灵在屋檐上晃着腿："你要给我起个人类的名字？那么这个名字是什么意思？"

"是月亮的女神。"青年笑了笑，他的五官俊秀，然而皮肤几乎失去血色，苍白得仿佛冰冷的石像，下眼睑带着长期病痛的折磨留下的灰影，让他看上去有些阴森森的。

"我喜欢，这个名字我想要。"黑精灵咯咯地笑起来，金色的大眼睛弯成一条缝，"那作为回报，我给你讲一个松鼠与灰鸽子的故事吧。"

青年翻动手中的纸张，眼里有温和的笑意："好。"

讲完故事，青年微微地笑出了声音。

"我说。"黑精灵突然翻个身，蝙蝠一样倒吊在屋檐上，银色的长发落在窗台，"你真的不怕我？万一我不是什么黑精灵，而是一只吃人的妖魔呢？"

青年的目光平静得几乎冰冷，然而笑容依然温和："那也不怕，我一定很难吃。"

黑精灵眨了眨眼睛，有些可惜地承认："确实，就算我是一只快要饿死的妖魔，也不会想吃掉你的。"

他是一个病入膏肓的人。

黑精灵悲伤地想，或许她的宿命就是孤独。她独自活了几百年，没有同类，也不能被人类看见。终于有一天，她遇见了可以看见她的人，可惜这个人也不能陪伴她太久。

她还记得那是一个暖洋洋的午后，她坐在一座漂亮大宅的某面屋檐上，赭石色的瓦片被太阳晒得热乎乎。她悠哉地半躺着，将栗子抛向天空，用嘴接来吃。身后忽然有人出声问她是谁，她一回头，看见露台边靠着一个高挑瘦削的年轻男人，正用古怪的眼神打量着她。她欣喜若狂，终于有一个生灵的到来可以结束她漫长的孤独——然而很快她就发现，这世上唯一能看见她并能正常与她交谈的，是一个前脚

踏入死者国度的人。

"亚伦。"黑精灵伸出手，像是想要触碰一下这个人类，当她的指尖几乎落在青年蜜糖色的短发上时，敲门声响起了。

黑精灵触电般缩手，柔软矫健的身体以一个不可思议的角度翻起，重新坐回了屋檐，还把两条腿也收了上去。

"伯爵大人。"管家端着托盘进来，将热水与药剂放在床头，"您该休息了。"

青年坐在原处怔了一怔，慢悠悠地收回虚空处的目光："好。"

亚伦喝下药剂，在床上躺好，管家想把窗户关上，他出声制止："房间里太闷。"

管家这才留了一条缝隙，关门离开了房间。

亚伦闭上眼睛，轻轻地说："晚安，塞勒尼。"

窗台传来窸窸窣窣的响声，一只金色眼睛的乌鸦从缝隙里挤进来，停在刚刚青年坐过的椅子上，留着人类体温的毛毯十分舒适，她调整了一下姿势趴好，金色的眼睛也闭上了。

"晚安，亚伦。"

管家收拾毛毯的时候莫名其妙地摸到了一根黑色的羽毛，他有点尴尬地将羽毛藏在了衣袋里，生怕主人看见，误以为他没有妥善完成清洁的工作。

亚伦其实看见了，他苦笑着摇了摇头，没有点破。

"对了，伯爵大人。"管家忽然想起有重要的事情该提醒主人，"沙尔曼先生将上次订做的礼服送来了，您可以去试一试，今晚的宴会正好可以用上。"

"今晚？"浅蓝的眼珠转了转，亚伦努力回忆，"啊，是雷曼公爵夫人的宴会，对的，我答应过要去。"

想到这里，他忍不住捏捏眉心，露出苦恼的表情："糟糕，完全忘记了。"

管家知道自己的主人向来不喜欢热闹的场合，先前倒是有些惊讶这次为什么会答应去一个无关紧要的宴会，后来听家里来往的亲族们说起才明白过来，伯爵大人已经二十四岁了，却没有娶妻，更没有子嗣。

比起伯爵大人自己，亲族的同胞们显然更关心这个问题，毕竟一个病弱无后的伯爵掌控着父亲留下的巨额家产，再加上母亲的家族与王室家族还具有亲缘关系，背后大概能扯出几里长的羊皮卷才能记下利害关系。

总结成一句话，伯爵大人该娶伯爵夫人了。

亚伦试穿上那件崭新的礼服，黑色的面料，金色的扣子，袖口与领口有绣纹装饰，腰身收得颇紧，却恰到好处地显现出他肩膀的宽阔和身材的挺拔。

如果不是过于苍白的脸色与阴沉的目光，亚伦应该是一个十分俊美的贵族男人吧。

黑精灵躲在窗帘后笑了："为什么别人去参加舞会都面带喜色，只有你像是去奔丧。"

"塞勒尼，我应该有说过，你是女孩，不能在男人换衣服的时候溜进房间里。"亚伦挑起一边的眉毛，他脸上的神情多数时候是很柔和宁静的，但因为出身，或者说受贵族教育的影响，这位从小过着少爷生活的伯爵，常常不经意从眼底眉梢透出些傲慢。被他冷冷地盯着，一般人都会觉得心慌。

黑精灵可不吃这套，她撇撇嘴："我才没看呢，又没什么好看的……"

"没什么好看的？"亚伦挑了挑嘴角，似笑非笑，使他的表情看上去更嘲讽了。

黑精灵终于有点心虚，嘟囔着："你又没脱光光，也不算看到什么。"

"你知道我没脱。"亚伦舔舔自己的虎牙，"你果然偷看了。"

黑精灵月光般美丽的银发都炸起来了："亚伦！"

他开怀地笑了，又好像有点恶作剧后的不好意思，背过身去，肩膀微微地颤抖。

黑精灵决定不跟他一般见识，把注意力放在更吸引她的地方。她凑上去摸了摸那件漂亮的礼服，就像亚伦说的，塞勒尼也是女孩，女孩喜欢漂亮的新衣服，即便那不是自己的。

"真好看呀，今天晚上要去国王的舞会吗？"

亚伦转过身来，大方地让塞勒尼在他胸口上揩油般摸着那件新衣服："不，只是一个公爵夫人的舞会。"

"公爵夫人的舞会也做这么好看的新衣服？"

"嗯。"亚伦移开了目光，有些躲闪地答了一声，下意识般不太愿意承认穿这么好看，其实是因为家族希望他去"相亲"。

塞勒尼有些羡慕地看着他："我还没有去过舞会呢。"

望着那对淡金色的眼睛，亚伦鬼使神差地问："那你今天想去看看吗？"

"人类又看不见我。"塞勒尼有些遗憾地摇头，"舞会不就是要跟别人跳舞吗？"

她是唯一的黑精灵，不会有别的黑精灵邀请她跳舞，更不用说看不见她的人类了。

亚伦沉默了，如果塞勒尼只是喜欢新衣服，或许他能送她几件，但如果说跳舞，他坐着都能动不动就咳得像把肺吐出来，实在没有能力完成她的愿望。

"不过。"塞勒尼忽然眨巴眨巴眼睛，"看一看还是可以的，我觉得我应该去看看，你们人类的舞会是什么样的！"

亚伦清醒过来，顿时有种打自己一拳的冲动，如果说世界上有一个人他不想让她知道这场舞会的目的，那绝对就是塞勒尼。

在塞勒尼翻出窗户以后，他看着镜子里笑容僵硬的自己，生平第一次希望自己立刻发病，倒在地上能昏过去多久，就昏过去多久。

糟糕的情绪一直持续到晚上。

亚伦浑浑噩噩地到了舞会现场，浑浑噩噩地跟一群人寒暄，又浑浑噩噩地端了一杯红酒，在花园一角的石凳上坐着发呆。

侍从常来提醒他谁家的小姐到了，谁家的小姐有意邀请他跳一支舞，家族里的长者在里面等他，家族里的长者问他怎么半路没影儿了。

"说我不舒服，缓一缓再进去。"他把酒杯塞在侍从手里，摆摆手打发了他。

亚伦不知道塞勒尼是不是真的来了，塞勒尼从不和他报备她的行踪，她几乎每天都出现，有时候是早上，有时候是下午，大多数夜里，她心情好的时候会留宿在他的窗台。

可塞勒尼不在他身边的时候会去哪里，会做什么，他一无所知。

亚伦明白自己对于塞勒尼来说，是唯一能交谈的对象，所以塞勒尼有些依赖他，她想说话的时候会来和他说说话。那么，如果塞勒尼不想说话了呢？

在黑精灵的眼里，亚伦就是一个病得快要死掉的普通人而已。

他懊恼地把脸埋在手心里，也不知道自己在期待或者遗憾什么。黑精灵是月夜下自由的生灵，而他是茧中残疾的小虫，她可以随心所欲地游荡在世间每一个角落，孤独却矫健，而他连展翅飞起来的机会都不会有，弱小又可悲。

"伯爵大人。"身后有个柔和的声音叫他，"您还好吧？"

他迅速整理情绪，抬起头来，只是一个因为病痛而有些苦恼的贵族青年，脸上带着歉意的笑容："是的，我还好，让您忧心了。"

华服的女孩子拎起裙摆行了个礼："杰西卡·华尔森。"

"华尔森家的千金吗？"亚伦低头还礼，"亚伦·克洛维。"

女孩看上去十七八岁的模样，灿金色长发，蓝绿如同湖水的眼睛，年轻美丽，笑容里带着蓬勃的朝气。

"想必是大厅里的人太多了，空气有些不好吧。"杰西卡歪着头调皮地笑了笑，"所以我也跑出来了，一会要是见到父亲大人，您可不能告诉他我偷懒了。"

这位年轻的女士大约没有她表现出来的那样天真烂漫，她的语气在恰到好处的地方有恰到好处的起伏，可她的眼神过于精明，精明得太过平静，跟她欢快的语调脱了节。

亚伦了然地微微笑一笑："不，我不会告诉他的。"

不得不说杰西卡小姐所受的教育相当到位。她很会找话题，内容得体有趣，聊天也相当有技巧，无论对方有意或无意要接她的话，她都能以一个不烦人的方式将话题延伸下去。

亚伦有些漫不经心，有一搭没一搭地聊着，却也奇异地没有尴尬和冷场，两人不知不觉坐在石凳上说了好半天。

　　然后杰西卡意识到对方聊天的动力并不是很大，再拖下去就要开始惹人厌烦了，于是适时地结束了话题，并邀请亚伦回到会场与她跳一支舞。

　　亚伦有些为难地望着她美丽的脸蛋："恐怕您也知道，我自幼身体不好，舞蹈对于我的身体来说已经是沉重的负担了。"

　　杰西卡也没料到伯爵的身体会病弱到这种程度，或者说她不愿意相信自己会被拒绝，于是挣扎着补充："没有关系的，那我们可以去会场拿些饮料，说了这么久，您也口渴了吧。"

　　"请不必管我。"亚伦牵起她的手，在她手指套着的红宝石戒指上轻轻吻了一下，"去享受自己的舞会吧，美丽的小姐。"

　　杰西卡离去时摩挲了一下自己的手背，男人温热的呼吸仿佛还留在上面。

　　亚伦不知道塞勒尼真的来了，他等了很久，没有见到她，已经准备回去。

　　"你喜欢那个女孩吗？"

　　金色眼睛的乌鸦忽然落在他肩头。

　　他怔了一下，下意识地反驳："不，我不……我没有。"

　　"可是你们聊得很开心。"乌鸦啄了啄翅膀上的羽毛，"你们说的东西我不懂，原来你们人类平时会聊这些话题，油画、诗歌和音乐，我只听得懂音乐。"

　　"而我平时居然也没跟你说过音乐，我只说森林里那些愚蠢的童话故事。"

　　"不。"亚伦冷淡的表情霎时有些慌张，"人类也很喜欢童话，我们

还说很多很无聊的事情，比如一个男人和女人的恋情，人们也会当成聊资，本来聊天就是说什么都可以。"

乌鸦歪着头："为什么不回到会场？你来这里是有要完成的事情吧，他们都在等你。"

亚伦脱口而出："我在等你。"

他觉得肩膀一轻，紧接着重新有东西靠了上来，银色的长发铺满他的肩头，在月光下散发着美丽的光泽。

"我要是不来呢？"黑精灵第一次碰到了她的人类伙伴，她歪头靠在青年宽阔的肩膀上，觉得人类的体温真的很烫。

亚伦垂下眼帘，能看见塞勒尼尖尖的耳朵，长长的睫毛和柔软光洁的脸颊："那我就回家去等你吧。"

塞勒尼笑了："那我要是不再去你家了呢？"

亚伦沉默。

"放心。"终于，黑精灵咯咯地笑起来，如同以前一样无忧无虑，"我不会抛下你不管的，每一次被留下来的，都只有我而已。"

像是被这句话击中了心底某个奇异的弱点，亚伦浑身一震，他似乎傻傻愣住，又似乎咬牙挣扎了许久。终于在沉默中忽然转身，用力地将塞勒尼拉进怀里。

黑精灵感觉人类的温度几乎要烧伤自己，可亚伦的声音颤抖得仿佛他在冰窖之中："对不起，对不起，我不能……我做不到……"

他断断续续地说着，用几乎折断她的力度拥抱着她。

塞勒尼不知道为什么一个病弱的人能爆发出这么大的力气，可是她也不想推开亚伦，本就不知道还能享受多久共处的时光，那么能多一会便是一会吧。

塞勒尼一直以为自己是个旁观者。

这片大陆的兴衰，国家的更替，人类的生死，她看了很久很久，久到有时候她都恍惚了。时间是个圆形还是一条线？有的事情她反反复复地看着，有的事情她又觉得无比新鲜。

可无论是什么事情，从内心深处她都判定，那和自己没有什么关系。

无论是爱恨纠葛的人生，金戈铁马的传奇，生与死的相逢离别……全部的全部，都与森林里的狐狸今天抓了一只小白兔，树上的小鸟生了一窝蛋一样，只是一个又一个与自己无关的故事。

直到亚伦出现。

她走进了自己编造的童话故事。

她开始向月夜祈祷，请求创造她的神明多给亚伦一点时间。

她知道亚伦病重，恐怕活不过三十岁，她每天都在数着日子，少了一天，又少了一天，怎么办啊，她该怎么办。

她该怎样才能和他在一起，久一点，再久一点。

亚伦拒绝娶妻的消息很快传遍了家族，他对外宣称，因为深知自己的身体状况，不愿拖累旁人，所以要从亲族中收养一个孩子作为继承人。

很快，庄园迎来大批叽叽喳喳的小孩子。

塞勒尼坐在屋檐上，一种古怪的迁怒蔓延到了孩子身上。她难过地想，都是你们，都是你们，你们一定很希望他死掉，这些讨厌的孩子。

亚伦靠在露台上，看着孩子们在草坪上玩耍："我觉得雨果是个不错的选择，他的父母仁慈宽厚，而他也是个温柔的好孩子，懂得照顾其他孩子。"

"你觉得呢？塞勒尼。"他微笑着仰起头，这些天天气暖和，他的气色好了不少，阳光给他的皮肤染上了一点暖色，浅蓝的瞳仁比天空更加澄澈。

塞勒尼看着他英俊的面庞，半晌才挤出一句话："随便你，我对小孩子没感觉。"

"可是这个孩子有些太正经了。"亚伦托着下巴思考，"如果以后让他看见自己的养父对着一只乌鸦说话，会不会吓到他？"

塞勒尼没来由地烦躁："那就别让他看见。"

"你不喜欢他？"亚伦察觉到她别扭的情绪。

塞勒尼有点赌气一般："我不喜欢他们所有人。"

"那就难办了。"亚伦皱起眉头，"我还想至少要找一个你也喜欢的继承人啊。"

塞勒尼跳下屋檐，仰头看着亚伦，阳光给他的头发勾了一圈金边："为什么？你的继承人跟我有什么关系？"

"嗯，怎么说也是我的养子。"亚伦想想，没头没脑地回答。

其实他想说如果那个孩子看得见你就好了，我希望他可以叫你妈妈。

可惜他哪里有资格这样说呢。

这个晚上塞勒尼回了森林。

小动物们依旧恭恭敬敬地趴在地上，似乎很害怕她。

她毫不在意，一路走进森林的最深处，那里天空被枝叶遮蔽，阳光不曾到达，是黑暗生灵的故乡。

她坐在一棵大树下哭了起来，几百年了，她几乎不记得哭泣的感觉，就连上一次是为什么而哭泣，都不记得了。

"你怎么了？"白魔女西尔维娅蹲在她身旁，给她递了一块手帕。

除了亚伦，魔女大概还算是能跟她说两句话的生灵，可魔女也恐惧黑精灵。黑精灵不会魔咒，但身为月夜的子民，任何不尊敬黑精灵的魔女都会被月光点燃，在幽蓝色的火焰中化为灰烬。

　　塞勒尼悲伤地尖叫，巨树在狂风中也跟着发出仿佛悲鸣的弯折声。西尔维娅催动僵硬的手指，划出结界扛下这狂暴的魔力，趁她哭得喘不上气，赶紧上前拍了拍她的肩膀，安慰道："可怜的精灵，你快别哭了，森林里的动物们会被你吓死，连我也快受不了你的力量，你愿意跟我说说发生了什么事吗？"

　　"我喜欢的人活不久了。"塞勒尼将脑袋埋在膝盖上。

　　白魔女愣了一下："你喜欢上一个人了吗？"

　　"是。"塞勒尼抽泣着承认，"我喜欢亚伦。"

　　"亚伦？"西尔维娅想了想，"金雀花庄园的伯爵，亚伦·克洛维？"

　　"是。"黑精灵抬起一双水汽朦胧的眼睛，"你认识他？"

　　西尔维娅笑一笑："我在首都住过一段时间，那里没有人不认识伯爵。他是一个很优秀的人类，国王曾经看重他，愿意给他更高的爵位与权力。可惜后来他病重，便从首都回到了这里的庄园。"

　　从人类的角度来说，亚伦的人生虽谈不上幸运，却可称得上卓尔不凡，他二十多年生命的光辉比世上大多数人都耀眼。所谓人中龙凤，大约便是他这样。

　　可惜天妒英才，他早早失去了父母，现在又要早早失去自己的生命，甚至来不及组建一个属于自己的家庭，更来不及看着自己选定的继承者长大。

　　"那你也知道，他的病越来越严重了。"塞勒尼金色的眼睛像是熄灭的火焰，在泪水中黯淡下去。

西尔维娅的笑容也渐渐透出悲凉："可是精灵啊，我们本来就和人类不一样，即使他没有生病，也不能陪你很久啊。"

"可他会有自己的家庭，会有更多建树，其他的人类会崇拜他爱戴他，人类不都追求这些吗？他会很幸福，而不是……"她想起白天的场景，亚伦托着下巴看着草坪上自由奔跑的孩子，那样的温柔，那样的羡慕，"而不是匆匆将家族托付给一个陌生的孩子，匆匆安置好一切琐事，然后匆匆赴死。"

黑精灵满脑子想的都是亚伦的人生，属于人类的，无论有没有和黑精灵相遇的幸福的人生。西尔维娅忍不住摸了摸她银色的长发："看来你是真的喜欢他了。"

"去祈求你的神明吧。"西尔维娅鼓起勇气拥抱了一下这个高贵的精灵，似乎想给她一点力量，"古书上写着，你的民族尚且繁荣之时，月亮不会拒绝你们任何的要求，因而你们成为森林最尊贵的客人，或许它愿意给亚伦一次机会。"

"它不听我的。"塞勒尼冰凉的眼泪滴在西尔维娅的手背上，她抓着西尔维娅的裙子，有些疯狂地说，"无论我怎么求它，它都不回应我，它遗弃了我们，所以我是最后一个黑精灵了！你们魔女有办法吗？用魔女的魔咒可以救亚伦吗？"

"魔咒不能凭空变出一条生命。"西尔维娅摇摇头。

塞勒尼眼中最后的光辉也消失了，大大的金色眼睛徒然地盯着西尔维娅，然而目光没有焦距。过了很久，她爬起来擦掉眼泪，勉力笑了笑："那我不能再在这里浪费时间了，我要回去了，无论是几年还是几天，甚至几个小时，我都想一直在他身边。"

她转身："谢谢你，魔女，愿森林永远保护你。"

等她走出好远，西尔维娅才意识到，刚才自己善意的举动为自己换来了一个黑精灵的祝福。祝福是语言的魔法，被人类说出来是好听的话，被神说出来则是预言，而被神之子黑精灵说出来，就是一种求而不得的庇佑了，至少在魔女生活的森林里，她会顺遂平安。

她咬了咬牙，扬声叫住塞勒尼："精灵！魔女确实不能变出生命，但在我们的魔法里，只要付出的代价足够大，就能换来你想要的东西！"

塞勒尼纤细的身影停在树影下，她转过身来，眼瞳里的金色如熔岩般燃烧。

西尔维娅面露不忍："这可不是什么等价交换，你真的愿意付出远比那一个人类的生命更加珍贵的东西吗？"

塞勒尼走出树影，月光不知何时刺破了最黑暗的森林，流水般倾泻在她身上，她银色的长发散发着令人迷醉的光泽，皮肤表面仿佛流过液体的银子。

她举起空空如也的双手，对着月光看了看："我还拥有什么比他更重要的东西吗？"

· A ·

亚伦做了一个梦。

塞勒尼跪坐在他的床边，身后是巨大的圆月，她美丽得仿佛一个幻影，缓慢地垂下头，柔软冰凉的嘴唇贴上来，吻住了他。

她的唇齿间有种甜蜜的香气，让人忍不住流连辗转。

然而从她金色的眼睛里滴下一滴眼泪，掉在了亚伦的脸颊上。

梦醒了。

塞勒尼失踪了。

黑精灵消失的第十天，亚伦失控地砸了自己的书房。

他趴在狼藉的桌面上，咳得像是要把五脏六腑都咳出去，眼前一黑，昏了过去。

可第二天醒来，居然没有任何后遗症般，他站起来，自己洗脸换衣服，走出房门。

镜子里的脸依然苍白如纸，但只有他自己知道，好像有什么力量正在修补这具残败的身体，一点一点地，他正在好起来。

心底的不安疯狂地扩大，夜里他站在窗前望着渐渐残缺的月亮，心脏在胸口里被碾压般剧痛。

"我不要。"他蜷缩着身体，拳头抵在胸口，像要把肋骨压碎一般用力，可这样也不能缓解心脏的抽搐，他嘶哑地喃喃自语，"如果这是你做的，我不想要，我只想要你回来。"

伯爵的身体真的一日一日好了起来。

所有人都说这是真神的恩赐。

他们不记得乌鸦停过的窗口，就如同不甚在意伯爵为什么越来越喜欢独自在月亮下一坐就是一夜，反正伯爵好起来了，这就够了。

雨果在园子里荡秋千，老嬷嬷有些忧心地对他说，伯爵大人很有可能将他送回去，因为伯爵大人现在恢复健康了，应该要娶一个妻子，让妻子生一个拥有自己血脉的孩子。

雨果有点伤心，伯爵大人对他很好，会带他做一些连亲生父亲都没做过的事情，比如亲自教他骑马，以前父亲都会把这些事情扔给侍从做。

想着想着，秋千也不荡了，小男孩郁闷地踢着一个皮球撒气。

皮球被暴力地踢出去，滚啊滚啊，滚过了树丛，小男孩慌忙追过去。

深蓝色的长裙下伸出一只白色的鞋尖，挡住了皮球。

雨果抬起头，一双美丽的淡金色眼睛打量着他。

他第一次看见金色眼睛、银色头发的人，而且这个人很漂亮，漂亮得像是童话故事里的妖精一样。

老嬷嬷跟着跑了出来，也在这个人面前愣住了。

"他最后还是选了你呀。"那人弯下腰，轻轻摸了一下雨果圆润的小脸蛋。

雨果立刻红了脸。

"哎呀，这么一看，你长得确实挺可爱的。"美丽的女孩眨眨眼睛。

雨果的脸涨得更红，半天才学着大人的模样挤出一句："美丽的女士，请问您是谁？"

身后传来伯爵大人的声音，天色晚了，他亲自到园子里叫雨果去吃晚餐："雨果，你在这里吗？"

雨果突然鼓起勇气，上前拉住女孩的手。"爸爸！"他转身大声喊，"我们请这个姐姐吃饭好不好？"

看着亚伦缓缓瞪大的双眼，她低头在小男孩耳边轻笑，像一个调皮的坏女孩："你爸爸长得真好看，能介绍给我认识吗？"

守护精灵

隐形的皮肤和骨骼

隐形的笑和泪

唯有爱会吐出蛛丝

YINXING · 隐形 · 尤莉斯

守护

Shouhu

文/佳颜

地平线以外的写手，想做世界上最咸的咸鱼，
宅女一枚，目前在文圈养老。

你相信吗，冥冥之中总有人一直在守护着你。

—— 01 ——

7418 号穿着一身黑色西装，戴着白色手套，拿着一个文件夹，胸口别着一支水蓝色外壳的笔，旁边挂着一个金属胸牌，上面写着"7418"，手腕上还缠着一只金属手表。他面无表情地跟在一个和他同样穿着的人身后。

那人的胸口写着"3064"。

他们在一栋大楼里来回穿梭，为了方便，他们都是乘坐大楼里的扫地机器人。

他们在一扇高大且闪着金光的房门前停下，3064 带着 7418 跳下扫地机器人，伸手抚平自己的衣摆，又转头看了看 7418，挑着眉帮他

整理了一下领带。

"这还差不多。"

然后，3064 抬手敲了敲面前的巨门，那门应声而开。

7418 跟着 3064 走了进去。

门里一片白光刺目，7418 用手挡住，听到头顶传来空灵的声音。

"恭喜 7418 号成为新的守护精灵，欢迎加入天堂办事处。"

7418 抬头一看，空中悬浮着一张绚丽夺目的单人沙发，当中的人身穿着白色西装，金发一丝不苟地梳着，眼神温和，嘴角微微扬起，看起来十分可亲。

7418 愣住了，3064 用手肘碰了碰他。

7418 这才回过神，背了一句刚才 3064 教他的话术："感谢主神，主神博爱。"

被称作主神的男人笑了起来："3064，你带他下去熟悉业务，明天就能上岗了，注意事项一定要讲清楚。哦，对了，一定记得教会他用'时光'。"

3064 向主神鞠了一躬，带着 7418 离开了这间空旷且白得晃眼的房间。

3064 带着 7418 离开天堂办事处，熙熙攘攘的大街上有很多和他们一样打扮的精灵。

3064 走在 7418 身边："他们和咱们一样，都是守护精灵。基本上，人间的每一个人都有守护精灵。"他转头看向 7418 年轻的面孔，又说，"你到人间办事的时候总会遇上同事，有什么问题也可以请教他们。"

7418 仔细听着，忽然瞥见两栋建筑的狭窄缝隙中有几个蓬头垢面、衣着邋遢的精灵正瘫坐在几个破凳子上。地上全是燃尽的烟头和东倒

西歪的酒瓶，空气中烟雾缭绕，飘散着刺鼻的气味。

"那些是堕落的守护精灵，他们生性懒散，从不好好守护自己名单上的人，于是成了无家可归的流浪汉。都自顾不暇了，更别提去守护，我真替那些人感到悲哀。" 3064 遗憾地说。

7418 点了点头，他总感觉自己忘了很多事，可到底是什么，却一点都想不起来了。

他们走到一家酒吧门口，一个漂亮女人跌跌撞撞地闯了出来，嘴里骂咧道："什么破酒吧，垃圾！无耻！奸商！"

"1532 前辈，你怎么又喝酒了？来来来，我送你回去，真是要了我命了！" 3064 扶住她，转身塞给 7418 一个小册子，小声叮嘱道，"这里面记录了'时光'的用处，非常详细，有问题晚上再来找我也行。这个前辈不好缠，记住她的号码，以后有多远跑多远。知道了吗？"

7418 木讷地看着 3064 消失在街口，这才看了看手中的册子，继续往公寓走去。

3064 拉着 1532 来到一个安静的公园，这是 1532 日常醒酒的地方。夜风清凉，1532 渐渐清醒，映入眼帘的是 3064 在对面石头上闭目养神的样子。

她回忆了一下白天的事情，想起来自己遇见了一个新人守护精灵，听 3064 说，他叫 7418。她慢慢坐起来："3064，你有给 7418 讲清楚'时光 - 重生'的注意事项吗？"

"前辈，你终于醒了！我在手册上提了一下，不过这个功能一般都不会用到吧。"

1532 盯着 3064 许久："你忘记 1001 的事情了？"

第二天清晨，一封邮件顺着门缝被塞进了 7418 的房间。他弯腰将信封捡起来打开，里面只有一张纸，是守护名单——一个刚出生的婴儿，没有姓名，没有照片，出生日期正是今天。

7418 加速洗漱，收拾了东西，就乘着天堂共享单车奔往人间了。

在路上，他回忆昨天研究了一下手腕上这个名叫"时光"的手表，总共有三个按键：惩罚、守护和重生。

"惩罚"和"守护"介绍得很清楚，他也会用，可是"重生"这个键却只有很少的介绍。听 3064 说过，"时光 - 重生"是禁忌功能，基本不会被用到，7418 便没有太在意。

7418 来到人间的医院，没有人能看到他，因此他能自由地穿梭在人群之中。他在一间产房外站定，听到里面有婴儿的啼哭，心中一动，满怀期待地穿门而入。

洁白的窗帘被微风拂起，一个女人靠在床上打着点滴，身边的人都围着一个襁褓有说有笑着。7418 看了一眼手中的名单，那原本空荡荡的姓名栏被金色的字迹填充——"于落欢"。

7418 凑近襁褓看，是一个皱皱巴巴的婴儿，眼睛都不太能睁开。他伸手戳了戳婴儿的脸，那小小的婴儿似乎感受到了他的存在，咧开了小嘴。

"快看，小姑娘笑了哟。"

"让她妈妈看看，看看这小姑娘流口水了。"

7418 转头看向床上的女人，她看上去虚弱但美丽，苍白的嘴唇勾出一道微笑："落欢一定是梦到好吃的了。"

很快，于落欢上小学了，7418看着这个小女孩从襁褓中的小婴儿逐渐成长为一个能扎着小辫子蹦蹦跳跳去上学的小朋友，突然觉得有些不可思议。

原来，人类就是这样长大的，人类的成长都是用时间浇灌的。

7418的守护日记早已记了好几本，他满脸笑容地看着这个小女孩跑进校园，居然有种莫名的成就感："这个孩子可是我一直守护长大的啊。"

瞥见7418慈祥的面容，3064惊呼："7418，你居然会笑！"7418立刻恢复了以往的冰山脸，他只有在想到这个小女孩的时候才会笑。

按照任务栏的指示，今天似乎没有什么守护工作，在目送于落欢顺利上学后，7418悠哉地回到了天堂，看到一个年轻男人火急火燎地往人间赶去，还撞了他一下。

"1436前辈，什么事情这么着急？"

1436夹着守护名单，看起来生气极了："我守护的那个老太太，简直，简直太过分了！"

7418还没来得及接话就被1436的传送阵连带送到了人间的一个公园，一群老头老太太正在跳广场舞。另一边，则是1436气得冒烟的脑袋——他正盯着其中跳得最好的一对。那老太太看起来开心极了，满脸都是幸福的笑容，连皱纹都平整了不少。

7418想了想说："前辈，这个老太太就是你要守护的人？"

"不然呢？"

"那你在气什么？她很好啊。"

"我……我只是看不惯，看不惯她和其他老头子跳舞！

"她的身体一直不好，都是靠我守护在身边避免她进行剧烈运动才能这样平平安安的。

"哼！今天被我逮个正着！"

一番碎碎念后，1436终于平静了下来，他按下了手腕上的"守护"键，只见一道金光瞬间飞向了老太太的胸口。

"我也不知道为什么，从我看到她第一眼起，我就觉得我一定要守护好她。

"她很善良，很可爱，喜欢穿红色的衣服，喜欢梳盘头……她以前是跳芭蕾的，我见过她年轻时候的照片，很美。"1436兀自说着，"只是她的老伴很早前就去世了，我想既然把她分给了我，那我就要好好守护她。"

1436用胳膊撞了一下7418："你看，她跳得多好，要不是那个老头儿，她能跳得更好！

"你不觉得她很漂亮吗？"

7418看着那个穿着一身红，身材圆润的老太太，配合地点头："嗯，挺好看的……"

当7418收到"时光"的警报赶到学校时，于落欢的哭声响彻了整个校园，她被几个小朋友围着，看样子是在安慰她。

他们对面也是一群小孩，最前面的那个男孩双手叉腰，顶有气势地大声说："于落欢是没有爸爸的小孩儿！没有爸爸！"

于落欢张着嘴喊道："我有爸爸，我有爸爸……"

但这似乎对那些小男孩并没有什么说服力，他们笑着："你就是没有爸爸，我们大家都有爸爸，就你没有，你爸爸不要你了！"

7418铁青着脸，看着对面的小男孩，果断地按下了"惩罚"键，并说了一句："使绊子。"接着，这个小男孩就被不知道什么东西绊了一跤，他爬起来，没走几步就又被绊了一跤，如此反复。这次换他号哭起来，对面的于落欢和小伙伴们开心地笑了。

7418 因为滥用"时光 - 惩罚"，被罚去整理档案。

3064 气急败坏道："这件事情又无关守护任务，你怎么就稀里糊涂地用了'惩罚'呢？"

7418 拍了拍 3064 的肩膀，让他放轻松："没事，不就整理档案嘛。"

3064 看着 7418 一脸天真的模样，深吸了一口气："你知道整个天堂档案室里有多少档案吗？你要筛选出来一个'觉醒'守护精灵简直难如登天。

"简单点说，就是这个小女孩你有很长一段日子都守护不了了！"

7418 呆呆地看着 3064。

"啊啊啊啊，你太蠢了！"

事已至此，7418 已经无法挽回曾犯下的错。作为守护精灵，滥用职权是一种渎职，是对守护任务的不负责，更是对守护对象不负责。7418 看着手中的名单，上面被红色的神印盖上了"暂封"的字样，心里难受极了。

阿欢以后该怎么办呢？还有没有人守护她？

7418 作为被惩罚的守护精灵，只能待在档案室里年复一年地整理资料，唯一可以出去的办法就是从这些多如繁星的档案中找到一位"觉醒"的守护精灵，并将他强制收回，重新格式化。

"觉醒"的守护精灵其实就是记起了以前的事情，产生了一些不被允许表达出来的感情。因为，这对守护精灵而言无疑是一种不稳定的因素，毕竟谁都不知道"觉醒"的守护精灵会干出怎样疯狂的事情来。

7418拿着一份觉醒守护精灵的档案赶往人间。

6981号守护精灵正站在医院的手术室内，眼里全是泪水。

7418看着她的背影，走过去拍了拍她的肩膀："6981，该走了。"

6981站在原地一动不动，声音有些哽咽："求求你，让我……让我再看我弟弟一眼吧。"

7418并肩站在6981旁，看着手术台上脸色苍白毫无生气的男孩。不一会儿，心跳检测仪的警报响起"哔——"的声音，男孩的心跳骤停。

6981呼吸一窒，不由自主地向前走去："怎么回事？怎么会没有心跳了呢！"

6981伸手迅速按住了腕上的"时光 - 重生"键。

瞬间，一阵只有7418才能看到的白光骤然爆发，照亮了整个手术室——时间回转，主刀医生还在不断流着汗，护士也有条不紊地递着手术器械。

7418大喊："6981！"

只见6981从脚底开始变得透明，身体化作白色的流光不断飞向手术台上的男孩："抱歉，我不能跟你回去了。这是我弟弟，我一定要救他。

"从前的我没能力保护好他，现在，我终于有能力守护他了……7418，我弟弟怕痛，他做完手术肯定会哭，我恳求你帮我找个人，好好照顾他……

"我就他这一个弟弟。对不起，不能配合你完成任务了……"

7418眼睁睁地看着6981消失殆尽。

很快，男孩恢复了心跳。

男孩平安地回到了病房，睁眼的第一句话便是"姐姐回来了"。可是他的姐姐早在多年前就去世了，人们都觉得这是小男孩刚做完手术后的呓语。

"奇迹，真的是奇迹啊！"

"医学奇迹，这台手术难度很高，这种情况下能抢救回来，简直是神迹！"

只有 7418 知道，所谓的奇迹不过是有一个守护精灵用"时光 - 重生"牺牲了自己，只为守护更重要的人。

6981 的事对 7418 的打击很大，他萌生了想要知道自己过去的想法。他曾去偷看过于落欢，小姑娘已经长大成人，不再是那个只会张着嘴哭的小女孩了。7418 有些欣慰，看来没有他的守护，阿欢也能成长得很好。

于落欢和她妈妈一样，有着白皙的肌肤和如墨的长发，一双含情的眼睛似是对世间万物都饱含情感。她勇敢善良，正直大方，似乎从小就失去爸爸这件事并不能再打倒她了。

7418 在去寻找新的觉醒守护精灵之前又去了趟于落欢的家，他想再看一眼这个小女孩。等明天任务完成后，他便又可以守护她了。

于落欢没在家，7418 看到一个有些憔悴的女人在昏暗的房间中捧着一个相框，照片上是一个年轻帅气的男人。

玻璃框很快被泪水打湿，女人啜泣着："你为什么走得那样早，都没有看一看落欢……

"过几天她就要结婚了，那个人对她很好，对我也很好，你在天之灵，不知道能不能看到。

"还有啊，你的女儿长得很像你，尤其是眼睛……"

7418 看着那张照片，突然有种似曾相识的感觉，还来不及细想，手腕上的"时光"泛起了红光，是提醒他要去处理觉醒者了。

7418 来到那个公园，是 1436 曾带他来过的，他一眼就看到 1436 坐在石凳上，依旧是那副气哼哼的样子。

没错，这次他要带走的就是 1436。

7418 挨着 1436 坐了下来。

"你来啦，快看，那个老头儿成天抓老太太的手，那手是他能随便碰的吗？

"过分！实在是过分至极！"

7418 笑着听他抱怨，可 1436 突然不说话了，7418 转头，看见 1436 抱头哭了起来，肩膀不断耸动着："其实是我，是我对不起她。那年要不是我不听她的话非要去登雪山，我也就不会……不会回不来。

"都是我的错，都是我……

"对不起……"

天色渐渐暗了下去，跳广场舞的人越来越多。

1436 抬起头，擦干眼泪："这样看，那个老头儿也没什么不好的，她是时候该有个伴儿了……"

7418 拍了拍 1436 的肩膀："前辈，她一定知道你一直在守护她。"

1436 叹息着摇了摇头："不知道也罢，她应该过自己的日子了。"

7418 顺利带回了 1436。

在进格式化室前，1436说："其实我隐瞒觉醒只是想等着她，我还想和她在一起……哪怕只是一起做精灵也不错啊。"

٥5

7418觉醒在那天的夜里。

他看着镜子里的自己，模样与于落欢妈妈手中相片里的人逐渐重合。一瞬间，记忆如潮水般涌入脑海。

7418本名叫于远，是一个工厂里的质量检测员，负责每天检查车间里的巨型起吊机是否正常工作，确保车间内工人的安全。

那天，他刚上完一个螺丝，就接到医院打来的电话，他边走边说："什么？我老婆要生了？"

他无意识地摘了安全帽，开心溢于言表："马上，我马上回……"

"轰——"一声巨响，上百吨的货物从起吊机上落了下来，重物下涌出越来越多的鲜血，安全帽滚得远远。

于落欢的妈妈在产房里疼了两天，最后也没有等来于远。

于落欢从此成了没有爸爸的小孩。

7418什么都不顾了，奋力地冲出了天堂赶往人间，他的泪水止不住地往下掉："阿欢，我是爸爸，我是爸爸，你有爸爸……"

在呼啸而过的救护车上，于落欢的胸口插了一把水果刀。

婚期将近，于落欢结束一天的忙碌走在回家路上，遇到一个被抢劫的女生，她二话不说就追了上去。在与劫匪的缠斗中，包虽然被夺了回来，但她的胸口上却多了一把水果刀。

7418沉默地看着躺在手术台上的于落欢，那条代表心跳的曲线变成了一条毫不生动的直线。

这一瞬，他似乎懂得了 6981 的感受。

7418 颤抖着手，果断地按下了手腕上"时光 - 重生"按键。他感到十分温暖，一点都不痛，渐渐变透明的身体化成无数流光飞向于落欢。

"阿欢。其实爸爸一直在你身边，一直在守护你啊。

"对不起，爸爸来晚了。我错过了你的出生，又要错过你的婚礼，但我知道，你会是这个世上最幸福的女孩……你找到你真正的守护者了，不是吗？

"可是我多想……多想抱抱你。"

7418 走到手术台前俯下身，带着温度的流光融入落欢的身体，他终于体会到了拥抱的感觉。

很快，于落欢的心跳从冷冰冰的直线恢复成了起伏跳动的折线。

"啊，差一点，就差一点，人救回来了！"

于落欢在病房里躺了三天，慢慢转醒，温暖的光透过纱窗洒在她身上，很暖，让她想起了梦中的那个拥抱。

眼角蓄着的泪水慢慢滑入鬓角，落欢喃喃道："是爸爸……"

星星旅人

从月亮摇篮里爬出来

夜晚的缝隙张开

忘记道别的小人儿

提着星星灯笼

爬上枕头山顶

留给少女的眼泪

一个吻

DAOBIE ✦ 道别 ✦ 尤莉斯

如焚

文/木知春

讨厌芥末，芥末也不喜欢我。

01

M-4862 小姐捡到一束迷路的光。

大爆炸以来，精灵诞生于星云和尘埃之间。他们落脚在新生星球之上，成为那里的主人。而现在，M 小姐就正坐在她的星球上，看向遥远的地方。

它最初只是一个小亮点，像是在努力地焚烧着一样，不知道是在找什么，还是只是单纯的迷失方向。

而那时正巧是 M-4862 星的长夜，月光暂匿，吝于施舍，黑暗浓到化不开，荒芜又寂静。然后亮点逐渐接近，清晰成一束，记不清有多少年，它绕着这颗星球犹豫地徘徊，不知道是在挑选，还是只是单纯的不敢靠前。

黑色望了太久了，快要看不见东西了啊，M 小姐这样想着，那就收留你吧。

于是她趁着它靠得最近的时候，伸手抓它，它便灼热她的指尖；M 小姐揽它，它炙痛她的小臂；M 小姐携着它来到自己的星球，它刺痛她的双眼。借着它的亮，M 看到被它触碰过的皮肤是一种明亮的新鲜的颜色，在隐隐地发痒作痛。

像个怪物。

M小姐跟它拉开一定距离。看着它在自己的星球上乱窜。它很像一束"光"，会发亮，很有精神，四处跑。但是它又那么热，那么烫，又不像是一束"光"。

从没有这样的光，从没有见过这样的光。

M小姐只能暂且不知对错地类比，称它作"光"好了。

M-4862从大爆炸产生的那个夜晚起，就只能接收到月的恩泽，月色总是冰凉的，M小姐的光就总是冰凉的。她抬头看月亮，现在是暗的，也不知道什么时候再会亮起来。

"光"在这颗星球待了一段时间，而且似乎总是想靠近M小姐，虽然M小姐也想好好观察一下这个怪东西，可热浪扑来，她只能落荒而逃。

然后它每天撒欢，M小姐就坐在远处做她每天都做的事，发呆、发愣、发傻、看月亮，也偶尔好奇地看看奇怪客人。就这样一直等到这"光"的温度降低，足以让她短时间内触碰不被烫伤；等到光色稍暗，足以让她凝视混沌的眼睛可以逐渐适应亮度，这可怜兮兮的"光"才被允许靠近。

那时她才知道，这个东西为什么突然到来，还赖着不走。

它原来是被派来送信的。

信，也是跟这束"光"一样奇怪的东西，M-4862星从不向外寄信，也没有别的星球主人给这里来信。

M小姐拆信封还费了点功夫，差点一道撕坏里面的信纸。

最初她试图握住"光"来照亮纸张阅读，但是不行，这对她来说太热了。于是她捏着纸靠近它，借亮色来看。

"致落笔时还不认识的远方星球主人：

您看到这里的时候会在多少年后呢？几十年几百年，或是更久吗？因为不知道是在多远的地方外，也不知道会在什么时候到达，现在想想还确实是有一点担忧。

但这已经是我精心选拔出来的最快的一束了，我给它起名叫拓。我告诉过它可以路上随意一点，没有特定的目的地，但愿它不要真的随意到像观光游玩一样。

刚刚似乎不知不觉中说了很多废话，因为实在是太兴奋了，希望不要被讨厌。非常高兴可以认识您，我是 G-29 星的主人。

我该如何称呼您，您又住在哪颗星球？那里的时间有没有被烦人的粒子和能轻易杀死快乐的黑暗加浓到黏稠？

时光总是流逝得太慢了，宇宙是最最无垠的虚幻。距离我上一次看到来做客的彗星朋友已经过去了两万七千年，大概，年岁缓慢得已经很难去计算，我想应该是有什么引力场被悄悄地改变了。请您也要小心一些，无聊粒子可能马上就要彻底席卷整个宇宙了。

以前我总看到别的星球主人互相写信，这是第一次自己尝试，也许有些啰嗦。可岁月实在是比星河更长的东西不是吗？拓可以跨越空间让我和您这样相遇，但时间实在是太难捱了。

我想跟您交个朋友。我们可以聊聊彼此的星球和生活，一定会很有趣，就算是未来等待信件的过程也一定不会无聊。

那么，期待着您的回信。

此外：我的光还挺笨的，我觉得拓肯定是乱窜了很长一段路，才选好了您的星球作为落脚处。这个叫作缘分，我听说缘分是个很奇妙的东西，是千万不被允许错过的。

希望拓还没有褪色，也希望它还能有些温度。

您可以多摸摸它。

以上。"

奇怪的人，奇怪的星，奇怪的信，奇怪的光。M 小姐的生活被撬开一点缝隙，外面的人敲敲门，问她要不要交个朋友。

M 小姐下意识地抬头，月亮现在是黑色的。

M 小姐不动了好一会，然后低下头看到信纸和光亮。

"致 G-29 星球主人：

很喜欢你的来信。拓很特别，倒不像是一束光，它很热，也很亮，很热闹，有奇怪的颜色，没有褪。我在 M-4862 星。"

写到这里就停滞了。M 小姐思考着，她从没写过信，甚至没看别人写过，只能照着来信慢慢写。

被当作灯的拓烘得她的脸热乎乎的，大脑像是要融化一样。上面说，该聊聊星球和生活了，说些什么呢？星球、生活，怎么有趣呢？彗星，她向上读，看到 G-29 主人说彗星。

于是她接着写："我也很久没有遇见彗星，"然后又停住，看向四周，都是空旷的豁然的黑，只有拓发亮发烫，闪得太耀眼，烤得她的脸火辣辣的，大脑像是要燃烧一样。M 小姐突然心情变得很不好，她不再继续写了，她站起身，与拓拉开一些距离，然后坐下。

"还是太热了，"M 小姐想着，她揉揉脸，手指抚过的地方冰凉，她又仰起头，"这次什么时候亮呢？"

然后她开始做每天都在做的事情，抬着头发呆、发愣、发傻、看月亮，但是不再看突然闯进的信使。

几个月后，"光"才恍然明白过来，这位星球主人是不打算写完回信了，它开始着急，不停地围着她转圈。G-29 没撒谎，拓的确跑得很快，它绕起圈子来，就像个逐渐包围并保卫着女士的完整的光晕。

M 小姐不理它。

等到夜幕终于吝啬地撕开一个角，泄出一些亮，月光洒到 M 小姐的脸上，她闭上眼睛跪在地上，用额头亲吻月光下 M-4862 星贫瘠的土地，一动不动。

月色逐渐铺满整个星球，她突然跳起来，抓住在旁边正偷偷观察她的拓，捞起信纸，添上终止符一般的一句："但是月非常美。"

"我也很久没有遇见彗星，但是月非常美。"

她读了一遍，又高兴起来，拍拍"光"："好了啊，快去送回信吧。"

实话说，拓并不是很明白究竟发生了什么，但还是一撒欢地蹿了出去。

M 小姐看着它射入远处的黑暗里，她在月光里逐渐活了过来，开始平静地呼吸，从 G-29 来的"光"飞速地变成一个小亮斑。

M-4862 不刮风，但她莫名觉得有点冷，打了个寒噤。她慢吞吞地转身坐下来，双臂环着膝盖看向外空。

八十二年后，月收回光芒，M 小姐没有收到回信。

九十四年后，月光再次普照，M 小姐没有等到回信。

又过了七十五年，月光沉寂，信徒开始忘记曾经闯入的信使。

大概一百三十年后，月再次点亮星球，M 小姐亲吻月光。

又过了六十年左右，M-4862 回归黑暗，M 小姐睡了一觉。

大概两百年后，M 小姐醒来，很不巧，月色马上就要消散了。

似乎又过了一百多年，M 小姐不再觉得冷了。

不知道多少年后，M 小姐抬着头发呆，看到远方有一颗闪烁的光点。

"那是个什么怪东西？"M 小姐想着，这个怪物逐渐靠近，变成一束，自来熟一样降落到她的星球上，向她奔过来。

M 小姐差不多要叫出来了，然后她想起来："对，是过来送其他星球的回信的。可真久啊。"

拓跑到她面前，比上次来还要亮，但却没带着大股的热意，看上去很乖巧。

M 小姐去摸她的回信，没有被烫到手指，于是她摸了摸"光"，就像 G-29 曾经建议的那样。

"致尊敬的不知道该称呼先生还是小姐的 M-4862 星球主人：

收到您的回信真的让我很惊喜。M-4862，很美的名字，我喜欢这串数字。

虽然不排除拓随意乱逛浪费了一段时间，但按时间来算，我们的确离得很远，等的时候原以为它走丢了或是贪玩忘记了送信，看来还算靠谱。

您那里应该比较冷吧，冒失地建议您触碰它，实在很抱歉。它还没有学会如何快速一点地降温，我会好好教它。

您有没有考虑过安置一个信箱？这样可以不用等待拓慢慢降温，您就可以早点读到信件。信箱的图纸和样式已经附到尾页。

您喜欢拓的颜色吗，我觉得金色很适合一束光，虽然一部分原因是我的光基本都是这个颜色，可金色的确会让人感觉到温暖和快乐不是吗？

G-29 上有一些彩色的矿石，像下雨后会有的虹，但是采集和提取需要一点时间，我会附在下一封信里。

我的生活其实很无聊而且单调，我听说其他星系有很多喜欢旅行、流浪、叫嚷和唱歌的彗星和流星，但它们在我这里很少见。

我每天安排好不同的光束去往不同的地方，然后自己哪里都不去，无所事事地等待它们在不同的时候回来。其实让它们随意放射也没什么关系，它们也会更开心。我尝试过几回，效果甚至更好。

不过现在幸好在跟您通信，我会从寄出这封后开始收集带颜色的石头，终于有事情可做了，这会让我的生活过得更有意思。

拓在这趟旅途中可累坏了，对它来说距离太远了，我会让它稍微休息一会，可能需要您多等待一段时间，希望您不要介意。

我很喜欢您说的月光，虽然我没有见过，但我相信她一定很美。您可以剪一片附在下一封回信里吗？压在信纸中间就好，不会有褶皱的。

希望您和您的月亮都好。

以上。"

G-29 的信总是写得一气呵成，停下笔的时候他深深吸上一口气，身边的光束穿梭不停，他看着自己的笔迹，露出满意的神色。他摸着拓——这束光已经几乎没有色彩了，它的温度也远远低于正常一束光应该有的温度，但是仍然很有活力。

"你看，她说你很热呢。"G-29 先生指着上一封来信对正缓缓回温上色的光慢悠悠地说，没人知道他的光究竟能不能听懂，"她那里一定非常非常冷，而且没有真正的光。你下次去要先好好降温，这位新朋友很有趣，你可不要再烫伤她。"

"G-29 星球主人，也许小姐会更贴切一些。

我喜欢信箱的提议。这次拓确实没有那么烫了，看来降温效果很不错。

拓的颜色很好，很亮很精神，也很配它的温度，只是对于一束光来讲比较奇怪，但我很喜欢。

至于月光，很不巧，现在是夜，而我不能预测下一次的光什么时候来。"

拓离开后，M 出神了很久，月光倾泻到她身上，像柔软的瀑布。

"致敬爱的 M-4862 小姐：

很高兴再次收到你的回信。拓学得很快，或许是因为它很喜欢你，想要多靠近一些。

上次提到的矿石任务已经圆满完成，请 M-4862 小姐验收。

真的还是要再感谢你，在四处找矿石的时候，我发现了很多有趣的东西。

你有没有考虑过写一封长一点的信？等待的时间虽然充满期待，

但是还是更希望能在拆开时看到更多来自你的信息。我已经随信寄送了一沓空白的信纸。

没有看到月光有些可惜，但是没有关系，我们未来还有时间，一定会有凑巧的时候。

几年前终于又有彗星来做客了，我跟它聊了很多，它说很羡慕我找到了一个投缘的朋友，它还告诉我K星系里那个有名的5号星又多了一个星环。真是恐怖，我在几万年前听说它的时候，它就已经有好几十个星环了。彗星还指出了这些色彩的名字，本来我还在头痛不知道如何命名，彗星真是见多识广，帮了我大忙。

在此附上自己制作的卡片，是我承诺过你的。取自矿石，名称已经备注，颜色可能不全，蓝色稀缺一些，比较少，希望你能喜欢。

以上。"

颜色。

M小姐开始颤抖。

辰砂红，孔雀石绿，雄黄色，青金石蓝。

卡片不太大，颜色整齐的一小块一小块排列着。

但M小姐的手在抖，于是颜色们开始相互混合、相互交杂，跳跃着变成一颗新的颠簸着的星球。

只要轻轻一碰，矿石粉就沾到手指上。但M小姐的手指也正在颤抖，于是粉末细细密密地撒下来，像落了一场残缺的彩虹雨。

M想起来，她上一次见到颜色，是被初来乍到的拓烫到时，胳膊上的红新鲜又明亮，比辰砂红更浅，隐隐地痛。M又想起来，G-29在上一封信提起过彩虹。

她向四周看去，月色是无垠的白，宇宙是无垠的黑。她突然站起来开始奔跑，M-4862是有尽头的黑白灰。

"G-29星球主人：

抱歉这么久才回复这封信件，这些色彩太奇妙了，我看了太久，忘记回信了。

它们实在是太美丽了，非常感谢你的礼物，真的非常感谢。我喜欢孔雀石绿，它看上去不那么热也不过分冷，就像努力降过温的拓。我想唱支歌向它告白。辰砂的名字很好听，让人觉得宏伟又渺小。雄黄那么明亮，青金石蓝流着光。

现在的月色刚好，拓是温暖的，孔雀石绿平静着。我爱这一切。

我想用这些颜色装饰我的新邮箱。

真的非常感谢你。"

"致亲爱的M-4862小姐：

唱一支歌来告白。这听起来像个喜欢亲吻和泪水，或者只钟情于亲吻泪水的诗人，你会种一些蔷薇花吗？

你能喜欢我的礼物让我感到无比荣幸和快乐。我也要感谢你，M-4862小姐，认识你让我的生活变得这样有趣。就像我说过的，哪怕是漫长的等待过程也一点都不无聊。

用颜色装饰邮箱，这感觉会很不错。你这么一说，我也很想好好涂涂我的邮箱了，马上就动身。红色和黄色搭配起来会不会不错？

再次附上一些矿石粉，光是上次那些可不够装饰一个信箱。希望你和你的信箱都好。

以上。"

"致亲爱的 G-29：

我喜欢这个说法，你觉得这样的烂俗诗人会去亲吻月亮吗？

我这里的土地没有办法种花，黑夜太久了，花没法生长，月光没有温度，花没法开放，所以没有蔷薇。但她听上去就像亲吻一样美。

我打算用混合后的矿石粉来装饰，那会很像彩虹吧。

对了，我跟你说过吗？我喜欢温度。"

"致亲爱的 M：

我不是诗人，但是我猜月光也许会亲吻她。

蔷薇的确很美，我想你一定会一眼就爱上她们，没法种植实在是太可惜了。

虽然我也很少种花，但是蔷薇今年依旧开得很开心的样子，长满了一大片。

我想送你一个花环，M。用这样的蔷薇编成花环，它就会是一个开心的花环。

你能喜欢温度，这实在是太好了，我也喜欢温度。

拓说它太累了，我想了一下，它确实挺辛苦的，作为一个合格的星球主人应该体谅一下自己的光。

所以我决定，要离你再近一点点。

可能要费一点时间，毕竟时间和宇宙一样黏稠，我们的时间还有很多很多，我不怕。

他们说我疯了，因为移动对我们来说太困难了。可是我不想在明明还年轻的时候就早早上了年纪。

你明白我的意思的。

以后我的回信也许不会太规律了，毕竟磁场啊什么乱七八糟的东西似乎也会改变，拓找起我来可能会比较困难，如果一时收不到回复，请不要着急。但我还是会继续给你写的，永远。祝好。

另：附上一支蔷薇，希望它不要太快枯萎。下次会带去花环。

以上。"

"致 G：不知道你什么时候能看到这些。这样的冒险实在太危险了。"

信纸被撕掉。

G 在一千年前就已经出发了，再寄到又要快一千年，M 想。

"致 G：你在哪？"

"致 G：蔷薇有些枯萎了。"

这次 M 小姐写得很不顺，刚开了个头的信被她反复撕掉。

M 小姐就快没有信纸了，她说："糟糕。"于是她不得不好好想一想。

"致 G：

如果你可以看到这里，请再寄一些信纸给我，我想多写一些长信了。

之前骗过你，很抱歉。

你也许已经忘记了，那时你向我要一片月光，我说我在夜里，其实那是谎话。我那时并不想分享月光，也不想剪断它，我觉得那是我的东西，我的几乎全部的世界，太过亵渎，以至于侮辱。

然后你给了我你的彩色矿石，你的信箱图纸，给了我你的蔷薇，还许诺了下一个花环，你总有派发不完的礼物，你的承诺都是有效的，所以我正在等着花环。

我想你没有直截了当地告诉过我，我的月光不是真正的光吧。

写下这行的时候我甚至还处于混沌中，但我是清醒的，对此我非常确定。

我有些迟钝，对不对？

它没有温度也没有色彩，原先我以为整个宇宙都是这样的，我从不跟别人交流，即使有彗星和流星路过也不会拉着他们来做客，我不觉得无聊。

但是后来，我知道不对。

宇宙应该有温度，有五颜六色的矿石，有彩虹，有花，应该是你的样子，或者说，如果一定要选择的话，我宁愿是你的样子。

我曾经也一度纠结光的真实性，像是被陨石块崩坍掉了信仰以后想要修补废墟。但是你告诉我亲吻和泪水，你告诉我诗人，世界崩碎后还有宇宙，时光是黏稠的。

你以前问过我为什么不写长一些的信，我刻意地没有去回答。

因为我除了回答一些简单问题外，没有什么可以说，我总是停住，我担心你会觉得我无趣，但是你没有。

所以，如果真的要有一个人感谢另一个，一定是我感谢你。

很难向你描述出我现在的遗憾程度。我还有好多话想写，但是没有信纸了，我浪费了太多，实在是太可惜。

我会在纸页里夹上一片月光，不会有褶皱的。它很美，希望你能喜欢。

祝安好，我等你的花环。"

M 小姐把拓揽进怀里，光难得的很安静，温热渲染温热，她抱着一束光。她浸透在金色里，感觉自己逐渐活了过来，开始平静地呼吸。

然后她站起身来，剪下一片月光，月亮清凉润湿着清凉，她吻了一片光。月球注视着她，怜悯但不慈悲。

她拍拍拓："好了，你快去送回信吧。一定要送到啊。"

她开始等，月亮亮起又暗淡。她透过被剪去的影子看远方，月复苏又沉睡，她继续等。

八百多年后，她收到了 G-29 的一封信，但不是拓送来的。信上说 G 现在感觉还不错，向她和她的信箱及月问好。

"拓肯定又迷路了。"M 小姐想。

然后又过了一千多年，G-29 又来了一封信。

信是一束新的光送来的，它不会降温，只会到处乱跑，M 小姐被它烫到，她知道那是红色。

再后来，M 小姐突然有一天发现月亮已经很久没有亮了，也许有整整三百年了，甚至更久。这次的夜格外的长，长过了过去的每次。

"幸好之前就已经把月光寄过去了。"M 小姐想。

在 M-4862 星的最后一次白昼里，星球主人发现了一束眼熟的老朋友，它和其他冰冷的光一起洒落，从并不属于它的星球而来。

它不再热，不再亮，但还是很有活力。

是拓。M 想了一年又一年，怎么也不明白，它为什么会在月光里。

这里有一封遗失在宇宙里的信，虽然已经有些破碎了，但我们还可以依稀地辨别出里面的话语，也许能找到 M 小姐找不到的答案。

"致 M：

来信已收到，没想到拓这样的靠谱，这么快就能找到我。你其实不必向我道歉，谁都会有自己的秘密和不想被破坏的东西。那时我们才刚通信不久，你这样做合情合理，是我太冒昧了。

因为那时我在想，你口中的'月光'会不会是我派遣出去的某些光被其他星球反射的结果。我着急着确认，所以提出了让你为难的要求，实在是感到抱歉。现在，寄来的月光已经被我逮住，确实是从我这里偷跑的捣蛋鬼，但是谁能阻止他们贪玩呢？

而且，我不觉得这样有什么不好。你说你的世界只有夜和月，而我只能在时光的空隙里很久一次地送来一封信，所以，就算是私心作祟，用这种方式来陪伴你一段时间也是挺好的。只是可怜我的那些光，自以为完成了逃跑计划，结果还是在帮我的忙，想想也觉得有些好笑。

拓的送信任务完成得很好，完全看不出来它是个刚开始宇宙旅行的新手吧？不过它马上就不能送信了。按照管理者的话来说，就是它已经成熟了，得负责去往各个星球了。

管理者，很奇怪的词吧。其实绝大部分宇宙里的精灵都是不知道这个怪东西，但我从大爆炸发生以来就得一直听从他的管束，几乎所有会发光的星球都得这样。

只有彗星和流星往往不这样，我很喜欢他们。谁都不知道为什么一定要听从，也没有精灵知道不这样做会有什么后果，因为从没有谁去尝试。

生活太无聊了，每天都做同样的事，我和那些不开心的光也没有什么区别。

谢谢你没有出言制止我。我其实清楚利害，但是（这里有些破损了，无法认全）不仅是因为想尝试，而且实在很想离你再近一些。我说你像诗人，其实这个词还是好心的彗星告诉我的，我想看看'诗人'她究竟是什么样子。

　　所以（以下被撕掉）"

　　"要到 K 星系了啊，"G-29 抚摸着拓，"只要能顺利绕过这里，就会变得顺利了吧。你觉得我应该告诉她这一切吗？这封信应该等到平安渡过 K 星系后再发比较好对不对？如果她收到了信但是咱们失败了，会很不好，不应当这么对待她。"

　　于是他重新写了一封，问候 M-4862 的一切。

　　一百四十七年后，穿梭的彗星到其他星球歇脚，它们是最自由的，它们总知道别人不知道的最新消息："真的太可怕了，我听说，K 星系的 5 号星又多了一个星环，但这次这个好像没那么完整。管他呢，K-5 太恐怖了不是吗？"

　　于是星球主人也会附和着说："对啊，对啊，实在是太恐怖了。"

　　四十五年后，月亮彻底失去光芒。

　　七百二十九年后，M 小姐捡到一颗发光的石头。

　　明亮的一颗，穿梭过黏稠的宇宙，孤独笨拙、滑稽而又可笑地在 M-4862 星球边环绕着，执意要做个四面漏风、千疮百孔的星环。这样说恐怕不够严谨，因为没人知道这到底算不算一个星环，也许我们该问问见多识广的流星。但是没关系，没有人孤独。

"我不笑你的固执，我原谅你的笨拙。"M小姐想着，她感觉脸上凉凉的，然后这触感滑落到膝间，是比曾经她渴求的、向往的、崇拜的、敬仰的、供奉的月光还要无情、还要多情、还要麻木、还要刺痛的存在。

也许在几十年几百年或者更久更久后，星系里的邻星球主人们才会在彗星和流星的叫嚷喧闹声中逐渐传：M-4826有了它的第一眼水源！然后河流孕育，山川也从中生发，但诗人不再沐浴月光，就正如她不再被称作烂俗的感伤。

就算好奇，也可能不会有人写信问候，毕竟信笺在M-4962是比彗星的尾巴要稀奇，还要难以抓住的物什。

她站在信笺和月光的分界线上，先是看向月光又转头奔向信箱，然后同时被二者抛弃。

M小姐想了好久。

为什么没有信再来了呢？

也许是因为太热了吧，实在是太烫了。

不过还有个星环在陪着，挺好的。真好啊，真好啊，真好啊。

M-4862小姐想着，真好啊，我早就不怕烫了。

他也挺笨的。M小姐想着，胳膊虚虚地环住小腿，下巴轻轻搁在膝盖上，注视着这个混沌黑暗世界里唯一的光源。他一定是流浪跋涉了很长一段路，才将这颗星球作为落脚处吧。

曾经有个远方的唐突来客在信里称这个奇妙的概率叫缘分。那么，希望他不会褪色，也希望他还能再留下一点点温度。这样最好了，还可以再多摸摸他。

M-4862小姐轻轻翻身，双膝跪着，身体前倾，用从前膜拜月的姿态，伸出手。

小亮石头的热量隔着似乎可以轻易刺破的黑暗烘烤 M 小姐常年冰冷的掌心，像一个穿越了无数黏稠岁月、星河潮汐引力的唇贴过来，却又不是一个吻。在精灵喜欢写信的长夜里趟过，执着地要证明土壤上可以开出花来，蔷薇花非常灿烂，颜色多种多样，而光的确是热的。

他现在是明亮的一粒，不再四处放射，好像在焚烧一样，但他不犹豫，也不徘徊。M-4862 小姐想着，那应当是我的光，我的星辰，我的花环。

对啊，我的花环。他的诺言一直都很有效。

月亮是伪装的恋人啊，M-4862 小姐。有人会这样叹息说。

可这对她来讲已经不重要了。她有她的花环，明亮的一粒，像在焚烧一样。

折纸人偶

我是轻薄的锐器

有暗淡的金属光泽

也是甜的软的

暴晒后易融化的

易燃易爆

不伤你的

OU · 偶 · 尤莉斯

折纸的玫瑰人偶

文/南城有个背包客

无趣的小文字人，十八线画手。

滔天的接骨木上停了一只傀儡鸟，精致的尾羽上镶了廉价的水钻。负责巡视的女巫路过时施了一个小小的光魔法，光影点缀之下，现在它是整个村庄最美的夜莺。

它的声音很清脆，是音乐女巫们最满意的杰作，现在它已经批量生产，分布在国家的每一个角落，虽然我着实欣赏不来。

事实上，我对所有的音乐都欣赏不来，倒不是因为别的，身为一个人偶，我的脑子里并没有音乐细胞这种东西。

有没有脑子都很难说。

那什么，这句话是字面意思，我并没有辱骂自己的特殊癖好。算起来，我和那只傀儡鸟应该是老乡，我们是一个厂里出生的。

所有人偶都是一个厂里出生的，但是这只鸟完全没有同乡情谊，它现在唱的歌词翻译成人偶语，大概是："A-233 是个没有音乐鉴赏能力的纸老虎！"

被冠以"纸老虎"之名的我觉得这只鸟聒噪得该死，于是用手里刚折好的红玫瑰，砸了它个措手不及。

呵，你算哪只鸟。

我编号 A-233，是个纸偶，主要业务范围是……折红玫瑰花。

毫不自恋地说，我是个美人。

我的头发取自上好的乌云，像海藻一样披在肩上，一支红玫瑰别于发梢，艳丽的深红裙摆没有任何多余的修饰，像染了血。

我叫大红。

天地良心，这个充满了俗气、毫无艺术感的诡异名字不是来自高雅的我，而是我那位不知道脑子里哪根神经被他拆下来当人偶线的天才主人。

他义正词严地告诉我不是他想要给我起名为大红的，谁叫小红这个名字在魔法基础教育中的出场率太高了嘛。

作为报答，我给他起名叫大强。

因为小强出场率太高了嘛。

虽然我总是吐槽主人的思维和常人不在一个频道上，但不得不说，他是个天才。

他父母双亡，依靠父母遗留下来的人偶长大，自学完了所有的魔法高等课程。

不过既然是自学，一些问题就难以避免，比如他的政治、历史一节课都没学。换个说法，他偏科，但这并不妨碍他拿到魔法博士的高等学位。

严格来说，他完全不需要买个纸偶来为他折花，因为这不过是几句咒语的事。

所以我猜他买我也许因为我美艳得不可方物；或者狗血一点，他从我身上看到了某个人的影子；又或者更简单一点，他只是"想要一个陪伴"——这是当代青年人无病呻吟的风潮之一。

我慢悠悠地折着玫瑰花，眼前正放着魔法时闻，主人又在看完人偶泡沫剧后忘了关闭魔镜。

众所周知魔法时闻只有三点内容：当今魔法首席又做了什么；协会又抓住了哪个罪犯；还没普及人偶的地区的人们生活在水深火热之中。

今天抓到的罪犯是一个漂亮的女人，我记得她，是个异教教主，叫……"反人偶之都"教。

该教扬言，人偶应该拥有自由意志，不能作为工具为人们做牛做马。她认为每个人都应该拥有独立制作人偶的权利，而不是由王国统一个性化定做。

负责行刑的女巫点燃了火刑架。

主人送玫瑰花的对象是他的网友。

长期在家自学的问题之二——他是个网瘾宅，每天都要对着魔镜说："魔镜魔镜，快给我接通花花！"

每天网恋的那几个小时大概是他一天里最讲究的时刻，他穿着光鲜亮丽、语言温柔得体，每次结束时都一副意犹未尽的模样，就连吃寒酸的外卖都能因为过于高兴而摆出一副品尝米其林大餐的样子。

　　但一放下魔镜后，他就又开始精神萎靡。

　　丢人。

　　我看着眼前这个对着镜子精分的男人，开始第一百零一次怀疑他的博士证书是从路边摊上买来的假货。

　　除了折玫瑰，我的次要业务范围是当他的树洞，简单来说，就是单方面听他叨叨。

　　叨叨的主要内容是他那满腔汹涌的少年情愫，表达对他的女神汹涌澎湃的爱意，他那严重偏科的大脑集所有的文学素养都凑不出一句像样的情话，时常说着说着脸就涨成了猪肝色，因为不会表达。

　　偶尔他也会穿插两句学术或社会话题，说得不多，他认为我听不懂。

　　也是，一个折玫瑰花的纸偶需要多高的智商。

　　到了晚上，我会指指时钟，然后自动进入待机状态。他会在我待机后小心翼翼地给我盖上两张纸巾，还会为我关上窗户，这让我时常有种我是个人的错觉。

　　但是他这份温柔完全是画画给瞎子看。

　　毕竟，由几张纸和咒语创造的人偶只是会动的木头，不仅对万物无感、无情无性，甚至连思维都是销售的附加品。

　　所以，我真的可以不吃不喝，请收起你手里的娃娃餐具好吗？还有，这东西是给猫用的，如果您真的寂寞难耐，请去自行购买一只猫咪——这是第一百九十九次，我一边躲着把我当成宠物养的主人，一边在心里吐槽道。

今天主人喝醉了酒。

按理说，这并不合乎常理，几百年前咒语家就发现了解酒的魔咒，身为顶级巫师的他不可能不懂。

也许他只是借机想要倾诉些什么，但最后什么都没说，只是痴痴地看我，眸子没了焦距，像个人偶。

最后，他像往常一样给我盖好了餐巾纸，洗澡去了。

窗外的鸟一如既往的聒噪："人和人偶跨物种是没有未来的！"

我："……看不出来，你除了嘴碎还很八卦，很有菜市场大妈的潜质。"

其实我对主人的心理状况多少有一点了解。

比如，他患有严重的人偶依恋症，主要诱因是幼时只有人偶陪伴，长大后又性情孤僻，唯一要好的人还是女神网友。而"女神"和"网友"无论哪一个都不能给人安全感，满腔的苦楚便只能对人偶倾诉。

其实我都明白。

我的主人谁也不爱，他只是需要一个出口。

他其实并没有那么多情怀要倾诉，他想和我说的也不是这些所谓的少年心事，只是他真正想表达的，不好说也不能说。

"一个人总要在心里装点东西，"他有一次在我待机时喃喃自语，"这样东西可能不重要，也有可能你根本不在乎。但是，你必须得有这样东西充当情感寄托，不然生活没有方向，走路没有重心，很容易摔倒。"

待机的我其实听得到。

那么，那个在镜子里和你对话的"女神"和折玫瑰花的我，哪个是你不在乎的情感寄托？

今天的主人放下了镜子，又开始了他的每日叨叨环节。

我真的很想出声吐槽，或者嗑嗑瓜子。

终于，在他说了第二百零一遍"女神"之后，忽然神色与话锋一转，聊起了当今的魔法协会。

我屏住了并不存在的呼吸。

我有预感，他接下来要说的可能是非常重要，他真正想表达的东西。

在掰扯了大概十几分钟魔法协会的构成后，他一脸关切地问我："听懂了吗？"

这仿佛看智障的眼神如此熟悉，似乎和我看他的眼神有异曲同工之妙。

但是像这类包含在九年魔法义务教育内的基础知识，我的思维库里还是有储备的，所以他大费周章地来和我解释这些真的属于"班门弄斧"。

我僵硬地动了动纸脖子，无奈地点了点头。

看到了主人表示夸奖的大拇指后，我忍不住翻了个白眼："也不知道一个偏科王哪来的自信教别人。"我在并不存在的心里默念了一句。

"那么我接下来说重点。"他端坐在乌木椅上，金发打理得很干净，眼睛是忧郁的蓝，那是一种深沉的，甚至带有一点阴暗的蓝，像清澈的湖面浮了一层冬日树梢的霜。

巫师和女巫都天生具有姣好的容颜，他的脸比人偶都更为精致好看，白色燕尾服与随意挂在一边的巫师袍边角绣着金丝，只是他日常的跳脱样子都快让我忘了他是个巫师界的人物。

"人偶发展至今，已经完全偏离了被创造的初衷。

"早期人偶具备的功能只有完成简单的指令。它们无法拥有思维，不懂变通，也无法使用魔咒。长期以来，它们扮演的都只是无用的角色。

　　"而人偶真正作为一个咒语载体被创造，是在……

　　"……从此，人偶拥有了思维。"

　　他轻笑了两声，神色说不出的冷。

　　"人偶创造者的初衷是为了让人偶服务社会，把不会魔法的，没有巫师血脉的人们自劳作中解放出来，让人偶成为普通人接触魔法的媒介。

　　"可魔法协会做了什么？

　　"他们的做法，还不如让人偶不曾被发明！"

　　我瞧着愤懑历数着"人偶罪行"的主人，发出了我来到这里后的第一句声音："……所以，您创立了'反人偶之都'？"

　　"是的。"他似乎并不惊讶于我的发声，"王国统一个性化定制，每个人都可以免费选取一个人偶……其实你是个监视器吧？只可惜我屏蔽了这里所有的魔法纽带，你的消息传不出去。

　　"魔法协会这些年来一直想抓我的证据，也难为他们了。

　　"你呢，一直完成不了任务，按照情感运行咒语，应该是要羞恼的吧。哦……监视器应该不会被施加情感运行咒语。"

　　不是，不是这样的！

　　我扔下手中的红玫瑰，一步一步，小心翼翼地凑近他。

　　他真的很漂亮，事情也并不像他想的那样。但他永远不会知道了，因为一柄滚烫的刀子已经刺穿了他的咽喉。

　　我试了试他的呼吸。

他像人偶一样，但身体余温犹在。

魔法史上最伟大的学者，千百年来不世出的天才，一个新时代的缔造者，一个天真单纯、却又城府极深的反叛分子，死于一个开满红玫瑰的地方……

是他创造的人偶杀了他，是他杀了他自己——

假如他就这么简单地死了，那一定是魔法史上最令人痛苦的悲剧。

我的编号是 A-233，我有一个伟大的主人。

他有一个非常动听的名字，他叫布兰吉斯，古语意为"神的恩赐"。

他出生于一个非常贫瘠与黑暗的年代，在那个时期，掌握魔法的巫师与女巫是社会的上流阶级，而没有巫师血脉的普通人就只能依靠不停的劳作来换取面包和饮用水。

但是随着咒语的突破，普通人的劳作开始慢慢失去了价值。

他们陷入饥饿，且无力反抗。

主人的父母是最早一批想要帮助这些普通人的巫师们，机缘巧合之下，他们发现了普通人也能借助人偶施展魔法。

可偏科王主人的父母也是偏科王，他们不懂政治。

让普通人也能施展魔咒的做法让本在血脉撑起的天堂上养尊处优的人们心里发慌，因为他们发现居然有人想动摇巫师们高人一等的地位。

于是主人的父母被送上前线，他们对平民的慈悲之心却使他们死于暴动的平民刀下。

而年幼的主人，身边只有父母留下的人偶和"杀亲仇人"们监视的眼线。

"我真的很累。"他曾经没头没尾地提过两句童年，待我仔细询问时，他又说他被各种魔法咒语书折磨得很累，然后换来我一个白眼。

主人接过了父母的衣钵，在十几年后，创造了真正意义上的思维人偶，带领信仰他的人民推翻了古老又黑暗的时代。

他是人偶的创造者，是魔法协会的奠基人。

假如这里便是结局，可能还算完美。

"发达的人偶是最好用的武器，无处不在的监视之鸟与统一定制的人偶构建了一个比之前更加专制的王国。人民醉倒在人偶带来的美梦里，丝毫没有意识到自己已经失去了自由。"他说。

于是，他建立了"反人偶之都"，表面上的领头人是他忠实的信徒，是他镜中的"女神"，是他情感的寄托，但最终为他死在了火刑架上。

她死了，于是拥有同样美貌容颜的我成了他新的情感寄托。

为什么？因为他是个颜控，只找好看的寄托。

呵，男人。

主人的葬礼在今天举行，魔法时闻上播报了他的葬礼，说他死于"反人偶之都"。

"在最后一刻，他用毕生的法力击退了叛乱分子，'反人偶之都'相关人员全都被绳之以法，让我们为这位缔造了时代又重创了敌人的英雄致敬。"播报员噙着泪珠报道。

全国人民都自发地身着白袍，为这位没有污点的神明致敬。

神明个球球。

这个家伙小肚鸡肠，我不就是杀了他吗？他临死前居然给我下魔咒，一个是"肉身白骨"，一个是"情感运行"。

简单来说，我现在和真正的人类没什么两样，还是个陷入悲痛之中的人。

因为，那个情感运行魔咒的名字叫"一往情深"。

不错，对象就是他。

主人的家已经成为旅游景点，参观要收门票。

傀儡鸟还是一如既往的聒噪，协会主席出于对主人的敬意，将我和那只鸟都划作了遗物，现在的我们在他的故居中充当讲解员。

其实一切并没有主人说得那么糟，无论是魔法协会还是魔法主席——人偶的发明必然会带来一系列变革，监控鸟的存在是为了预防犯罪，暂时的管制则是为了更好的发展。

毕竟如果真像他说的那样，协会根本不需要大费周章地潜伏搜证，而"A"这个编号一直独属于拥有最高技能的顶级人偶。他能苟活至今，纯粹是因为协会一直以来都睁一只眼闭一只眼罢了。

除非不得不死，不然绝不会死。

"协会需要时间，人偶需要磨合，我们需要慢慢摸索，平衡是迟早的事，"魔法协会的主席曾和我谈过，"但不能最开始就要求过高，急功近利只会更快折损，这种任何接受过义务教育的小孩都懂的道理，也就他和他的信徒不懂，甚至走上极端……"

"如今的结局，只能说造化弄人。"所以说他是个偏科王。

可话又说回来了，人偶的创造者怎么可能真的不清楚情况？一个绝世天才，怎么会真的如此简单地被杀死？只是那些流血的变革，那些为未来而死的人们让他怕了，他想要逃避了，他无法控制地想，如果没有人偶，如果他不曾创造，一切会不会更好？

他终于疯了，年少时孤独的小孩比谁都敏感脆弱，可一次又一次为他而死的人让他再度清醒，最终他选择了就此结束，选择毁掉"反人偶之都"这个疯魔的产物。否则我一介人偶，怎么可能如此轻易就除掉这个最伟大的天才？

他对世界怀揣大爱，而我是他大爱的私心，是他的情感寄托。

最终，协会认为他功过相抵，剥夺了他的魔法能力，判处他终身无期徒刑。

简单来说，就是他没死透时又被救活了，协会删除了他的记忆，主席出于惜才给了他一个"好"结局。

而我，是他的监护人。

07

"布缇丝·红，你快过来，这株玫瑰开得超棒！"我的小男友远远喊到。

街角的花店专卖天然玫瑰，销量一直很好。店长是个金发蓝眼的普通人，他对我一见钟情，初次见面便送了我一朵红玫瑰花。

现在的我是花店的老板娘，爱好是折红玫瑰花。

我的小男友真的很好看，脸蛋像人偶一样精致，就是性格有点傻。

"说了多少次了！这个是猫粮，不是饼干！"

我看着他纯净的眼睛，总觉得这个天才留了一手。果然，不一会儿，我就不小心瞄到他施法给小朋友摘气球的小动作。

　　算了，睁一只眼闭一只眼吧，毕竟我现在是一个有心的人。

　　树梢上的鸟一如既往的聒噪，翻译成人偶语："主席说'嘘'。"

　　嘘，记得保密。

迷雾精灵

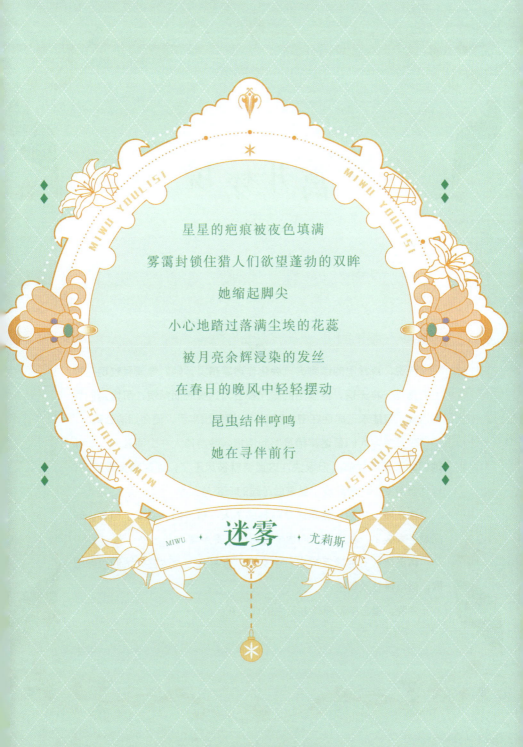

星星的疤痕被夜色填满

雾霭封锁住猎人们欲望蓬勃的双眸

她缩起脚尖

小心地踏过落满尘埃的花蕊

被月亮余辉浸染的发丝

在春日的晚风中轻轻摆动

昆虫结伴哼鸣

她在寻伴前行

MIWU ✦ 迷雾 ✦ 尤莉斯

离开梦境

文/孟尔德德

一个白日梦想家。

01

传说，森林里的缥缈雾气会化作迷雾精灵，她们像清晨玫瑰花瓣上的露珠一样无瑕，连坠落的星光都会为这美貌而惭愧，可惜她们受到诅咒，只能永远居住在密林深处，只要踏出半步，便会烟消云散。

最开始，人们替迷雾精灵感到惋惜，吟游诗人在山间云海，吟诵她们的不幸和忧伤。但很快，这遗憾就被风干了，迷雾精灵被遗忘，森林慢慢变小，最后成了皇宫后花园的一部分。

住在城堡中的皇族是这个森林的主人，精灵们反倒成了租客，时间过了太久了，就连精灵们也早已习惯了寄人篱下。

精灵族长安妮决定成立一个女团，去宴会上为达官显贵们跳舞唱歌，借以赚钱改善生活。

今晚，皇宫中就要举办公主的成人礼。

02

后花园中人们忙成一团，烤鹅的厨子和打气球的女仆每隔三分钟就要吵一架，迷雾精灵们全都在树下温习舞蹈，跳错半个动作就会被安妮揪着一顿臭骂。只有莉莉莎窝在靠近草坪大树旁的一根枝丫上，埋头看书。

莉莉莎是精灵中最明亮的那个，她有着丝滑如奶油般的长发和一双甜蜜的琥珀色眼睛，每个被她注视的人内心都会升起由衷的愉悦。可是莉莉莎却算不上是个好精灵——她没有精灵该有的曼妙舞姿和动人歌喉，有她的任何舞台都是灾难。

安妮正在发火。

她甚至忘记了一贯优雅的步伐，怒气冲冲地走过来，伸手将一台DV塞进莉莉莎手里，语气也是硬邦邦的："莉莉莎，给我把跳舞的视频录下来，我倒要看看谁还会跳错！说了多少次了，要用点心！"

莉莉莎是女团的后勤，负责端茶递水以及准备服装。

此刻，莉莉莎嘟嘴看着手里的DV："可这不是我的工作内容啊。安妮老板，你说的灰姑娘做什么我就做什么，灰姑娘可不录视频。"

安妮转过脸，雪白的皮肤下泛出震怒的红："你说什么？！"

莉莉莎丝毫不为所动："我说，这是另外的价钱。"

精灵们都知道，莉莉莎最近在想方设法地攒钱，估计又看上了新裙子。

安妮秀气的眉毛皱了起来，像即将爆发的火山："别闹了！"

莉莉莎小脸一抬，义正词严："五十块，刷卡还是现金？"

安妮捏紧了拳头，然后把手伸进了口袋。

这孩子从小就想一出是一出，再这样肆无忌惮下去，没准未来哪天就会成为历史上第一个被驱逐的精灵。

莉莉莎怕挨揍，整个人都往大树深处缩了缩，嘴上还是不饶人："老板，按《劳动法》你本来就要给加班费的！"

整个女团都在探头看热闹，安妮掏出五十块钱晃了晃，放进莉莉莎伸出的手里："行了吧？"

莉莉莎满意地合上书，从树上蹦下来，对着安妮点头哈腰："感谢老板！开始吧老板！"

舞蹈断断续续练了一整天。

直到下午三点的休息时间，莉莉莎看见了一个她期待已久的人。

能自由进出皇宫的人屈指可数，邮递员便是其中之一。

精灵世界的邮递员使命必达，所运输的包裹必须由收件方本人签收。比如上个月，有匿名人士给已过世的皇后寄了箱车厘子，国王不得不派人带邮递员去陵墓，把已经下葬的皇后挖出来按手印。送货的老邮递员被吓坏了，当晚回去就辞了职。

直到今天，皇宫才来了个新邮递员。

距莉莉莎十几米外，一个穿墨绿夹克衫的少年牵着头雪白的独角兽，在人群中挨个挨个地找签收人。莉莉莎看得专心致志，一点没注意到安妮拿着训话的大喇叭走过来。

安妮用喇叭在她头上敲了一下："你在录谁？"

莉莉莎慌忙转回身去，咧嘴露出个抱歉的笑："不好意思啊，老板。"

安妮站在莉莉莎旁边，手搭凉棚朝人群中眺望："王子来了吗？"

莉莉莎摇头否认："没有。"

安妮撇撇嘴，又敲了下莉莉莎的头："人都没有，你还看得那么专心——不许偷懒。"

没人？莉莉莎挑了下眉。

几步之外，洒满阳光的草坪上挤满了仆人，他们穿着花哨的衣服喧嚣吵闹，忙成一团。

却都不是人。

安妮是个通俗意义上的好精灵。和世上所有"好人"一样，安妮相信世上除去皇族和自己的种族，剩下的都是背景生物，只是物品。

算不得人。

莉莉莎的脸上露出一抹嘲讽的笑意——在别人眼中，迷雾精灵也不过是漂亮的花瓶而已，没有感情，也不会疼痛。

小邮递员在人群中问了好几次路，转身朝森林走了过来。

莉莉莎终于看到了小邮递员，她眼睛一亮，心脏猛烈地跳动起来。如果说一开始她是在遮遮掩掩地等快递，那么现在的她，就纯粹地只是在为这个邮递员漂亮的容貌而激动。

小邮递员看上去心情很好，绿色的眼睛在阳光下闪闪发亮，微微翘起的唇角像午夜吹过森林的风。他身材高挑，走得极快，却并不匆忙，整个人就像是造物主一笔一笔细心描出的精妙画作，被投影到了这片忙碌的草坪上。

莉莉莎莫名其妙地紧张起来，她飞快地转头深呼吸，耳朵里全是自己怦怦的心跳声。

小邮递员走过来了。

他拿着邮递单，对女团成员们礼貌地笑："请问哪位是莉莉莎？"

声音很好听，像小提琴被蓦然奏响，但没人搭理他。

小邮递员习以为常，接着说："有一份她的包裹。"

莉莉莎这才回过神来——她的包裹到了！

莉莉莎迈步向邮递员走去。近距离看，他碧绿的眼睛就像是森林深处那片波光粼粼的湖，可惜嘴角的那抹微笑让他看起来仿佛戴着虚假的面具。

他递过一张纸条："请签收。"

是莉莉莎买的铁锹。

小邮递员似乎也很难把铁锹和迷雾精灵联系起来，递包裹的手抖了抖。

莉莉莎咳嗽一声掩饰尴尬，她一边在收件人那栏按下手印，一边和小邮递员套近乎："我叫莉莉莎，你叫什么名字呀？"

"欸？"小邮递员愣住了，没想到会被问这个问题，他脸上程式化的笑停顿了半秒。

所有人都知道，邮递员没有名字——邮递总部认为邮递员有名字就会有私心，有私心就会对顾客的包裹产生贪念，邮递员和路边的大树、宫殿中的路灯一样，都是工具，工具不需要名字。莉莉莎不知道这事——迷雾精灵脱离外界太久了，有很多知识盲区。

小邮递员磕磕巴巴地"嗯"了半晌，愣是没给自己编出个名字来："我没有名字。"

莉莉莎愣了下："为什么？"

小邮递员眼睛里漂亮的涟漪消失了："我不知道。"

莉莉莎紧紧握住自己的新铁锹。

漂亮美人伤心了，因为漂亮美人没有名字，伟大的莉莉莎是绝对不会容许这样的事情存在的。

于是莉莉莎斩钉截铁地说："下次吧，下次再见面，我帮你想个好名字。"

小邮递员点点头："谢谢。"

按邮递总部第 367 条规定，送完货物的邮递员应立马离开去完成下一项工作，违规者会被扣除当月奖金，但小邮递员没走。

美人不走，莉莉莎就杵着铁锹和小邮递员接着套近乎："老邮递员还会再来吗？"

小邮递员拘谨地摇头："不会。"

莉莉莎顿了顿："他对我可好了，很乐意给我讲外面的故事……"

莉莉莎咽了口唾沫，有些紧张地接着说："我听他说，外面有很大很大的城市，住了好多人，人们日复一日重复昨天的工作，不怎么累……天气也总是很好，永远都是温暖的春天。"

小邮递员淡淡地"嗯"了声，他喜欢精灵说话时细声细气的语调。

莉莉莎小心翼翼地瞟了眼小邮递员的神色，补充道："而且老邮递员告诉我，外面的城市没有边界，城墙是一大团一大团的云，走近了看会变成灰蒙蒙的雾，从来没有人走进去过。"

小邮递员突然失声笑了："不。"

莉莉莎抬头看着他："有人走进去过吗？"

小邮递员摇摇头："没有，走进去会死的。"

莉莉莎的笑容消失了，神情严肃起来："你又没见过，凭什么这么

说？"

小邮递员刚要开口，安妮突然不耐烦地探出了头："莉莉莎，你在这里对邮递员说什么？"

莉莉莎冲小邮递员抱歉地吐了吐舌头。

第二天小邮递员又来了。

昨天莉莉莎和小邮递员说的每句话都算精灵世界的禁忌，现在莉莉莎有些不知所措。

她正坐在森林边缘的树杈上看一本书，小邮递员牵着独角兽穿过清晨的薄雾，跋山涉水地朝她走来。他的帽子上还沾着闪闪发亮的露水，整个人都散发着草木的清香。

小邮递员漂亮的眼睛盯着莉莉莎，嘴角挂着和煦的微笑，却一点也不提昨天的谈话了："莉莉莎，你的包裹。"

莉莉莎垂眸看了眼，懒洋洋地回答："单子给我，扔在树下就行。"

小邮递员"哦"了声，把纸条递上去，看着莉莉莎圆圆的下巴，他突然开口："我的名字呢？"

莉莉莎一个没坐稳，从树上直接栽了下来。

名字？

她忘了啊！昨天之后她整个人就只记得"我和漂亮男孩吵架了"这件事了。

小邮递员站在她面前弯下腰，向她伸出一只修长而漂亮的手。

莉莉莎被拽起来后，小心翼翼地把揉皱的纸条还给他："下次吧，我这次给了你名字，下次你就不来，换个邮递员怎么办？"

小邮递员哑然失笑。

莉莉莎买东西的次数显著增加了。

每次小邮递员都会半开玩笑地问名字的事，莉莉莎都会把问题绕开，说下次再说。

她每买一样东西，账户里那个数字就会变小一大截，然后她就会在晚餐时伤心地抱膝痛哭，但第二天她又会接着买下一件东西。时间一长，其他的精灵也看出来莉莉莎对小邮递员有种特殊的偏爱。

安妮劝莉莉莎："追星很正常，但你也不至于为区区一个邮递员花费这么多吧？"

莉莉莎噘着嘴回答："他好看啊。"

安妮哭笑不得："再好看，你花再多钱，邮递总部也不会把他卖给你的。况且，他很普通啊。"

精灵们齐齐点头。

大家一致同意那个邮递员普通极了，和其他邮递员毫无二致。

莉莉莎对此只有一个评价："你们的审美都有毛病。"

后来精灵们就不再干涉了，任由莉莉莎把积蓄用来买铁锹、胶布、化学实验用具等这些乱七八糟、根本用不上的东西。

大家都说莉莉莎追星追疯了，莉莉莎也从不解释，只要小邮递员没觉得她疯，那就没有关系。反正这一切都是有预谋的。

事情得从一个多月前说起。

当时的老邮递员不止挖出了皇后的尸体，还带出一本书，那本书就藏在皇后尸体的下方，薄薄的，像一张孤独的黑白相片。老邮递员不信任他人，又害怕离开皇宫时被检查出携带了多余物品，干脆将书交给了围观的莉莉莎保管。他以为这是皇后陪葬的贵重物品，打算换个时间找莉莉莎还给他带出去卖钱。

可这是精灵族的天书。

书是用精灵文写的，里面从头至尾只描述了一件事：世界是个谎言。

书中罗列了种种证据，譬如这里永远是温暖的夏天，日升日落的时间每天一样精准——这都是不可能实现的，是虚假的。

所以，这个世界是一场梦。

说起来，书的主人皇后本就是个非常奇妙的女士，是国王偶然带回来的从天而降的仙女。住进城堡后，皇后做了非常多令人匪夷所思的事，如今看来，她早就知道了世界的真相。

可惜书中只字未提离开梦境的方法，莉莉莎夜不能寐地想了一周，最后只能决定尝试下策：破坏森林。如果梦境本身被破坏了，说不定她就能离开了。

迄今为止，莉莉莎捉过兔子挖过草，砍过大树钓过鱼，都毫无成效。要再加大破坏度，就需要用到复杂的工具了，比如炸药。为了能合理购买到制作炸药的工具，莉莉莎想到了一个绝佳的主意。

她的原计划是装成一个狂热的化学爱好者，计划却赶不上变化，没想到小邮递员居然那么好看又可爱。她可太喜欢他了，都不用演。如今炸药就差硫黄和硝石了，只要等小邮递员送来，今天半夜她就能炸裂梦境。

莉莉莎皱起了眉，她要想个办法，带小邮递员一起离开。

06

晚上八点，又一轮宴会开始了，所有精灵都去了森林中湖边的主会场，莉莉莎拖拖拉拉留在后面，摆弄她买回来的小玩意。

森林深处的晚上，茂密的叶子遮掩了一切，只有些微亮的月光漏下来，星星点点地织成一大片网。当小邮递员穿过喧嚣嘈杂的会场赶到时，莉莉莎正在空地上摆弄试剂。

月光照在这个苍白的女孩身上，让她平白露出了几分凶巴巴的感觉。

小邮递员敏锐地注意到了这个变化，小心翼翼地看她一眼："你好。"

莉莉莎没笑，声音冷冰冰的："你来了？"

小邮递员委屈地缩了缩脖子，把独角兽牵过来，他结结巴巴地试图解释："我不是故意迟到的……"

莉莉莎叹了口气。

人群的喧嚣声传过来，把树林衬托得寂静无比，莉莉莎蹲在地上抬起头，漂亮的脸上流露出一丝犹豫。

她慢慢地开口："我有个秘密。"

小邮递员洗耳恭听。

莉莉莎说："最近一段时间，皇宫中在追捕破坏森林的凶手。"

小邮递员点点头："嗯。"

他现在进皇宫都需要严格的安检，皇宫门口的墙壁上全部贴着没有画像的通缉令。

莉莉莎说："那个人是我。"

小邮递员一愣。

莉莉莎还想重复一遍，被小邮递员一个箭步冲过来捂住了嘴："嘘。"

他结结巴巴地说："别说啦，别给其他人听见了。"

他的手心都在冒汗。

莉莉莎笑着握住他的手腕，将他的手拿下来，低声说："现在你可以去告发我，没关系。"

小邮递员的眼睛瞪大了。

他诧异地开口："我怎么可能去……我永远都不会伤害你。"

"我喜欢你。"

莉莉莎看着那双清澈的眼睛，情不自禁地吻了下他的手心。

她不喜欢这个世界。

她不愿意永远被困在死气沉沉的森林里，所以早就想逃跑了。可现在，她突然有了可以在意的人——莉莉莎从口袋里抽出那本书，递给小邮递员："给你看个东西。"

两人并肩坐在草地上，小邮递员飞快地把书翻了一遍，眼睛睁得圆溜溜的。

莉莉莎摸了摸他棕色的头发。

小邮递员的震惊持续片刻后，变成了一种沉闷的忧伤："你想破坏梦境，然后离开？"

莉莉莎点点头，有些忐忑地开口："你想一起走吗？"

小邮递员深吸了口气，轻轻说："其实，我也有个秘密。"

莉莉莎歪着头看他。

小邮递员比划着解释道："邮递总部有个规矩，确定死亡的人不可能收到包裹。"

莉莉莎一愣："可是……"

小邮递员笑了下："可是我的前辈给皇后送包裹了，对吗？"

莉莉莎使劲点头。

小邮递员沉下声音："他是故意的，我们是朋友，他发现了这个世界的秘密。皇后的身世坎坷，来得很稀奇，死得也很神秘，所以他就想来看看。"

他转过身，拉起莉莉莎的手，手心冰凉，莉莉莎打了个寒战。

小邮递员说："这之后他就被邮递总部抓住了，罪名是……"

小邮递员握着莉莉莎的手紧了紧："罪名是私自篡改邮递信息，然后他就被销毁了。"

莉莉莎脸色苍白。

销毁是指烧死，这件事在皇宫习以为常，毕竟烧一件物品，并没有什么好稀奇的。

莉莉莎说："我以为只有我知道。"

小邮递员目光严肃，继续说道："然后我就遇到了你。我还得顺利从你手上拿到书，找到离开这个世界的方法……"

说到这里，小邮递员的表情变得温柔起来："但当我见到你的时候……"

"第一次有人问我'你叫什么名字'，这是第一次有人能看到我。我想更多地和你待在一起，就一直没有揭穿。"

莉莉莎瞪大了眼睛。

她雪白的皮肤在月下闪闪发光，接近透明。

小邮递员顿了顿："城市边缘一直被雾气笼罩，没有人能进出。我猜，那儿可能就是梦境的出口。"

莉莉莎嘟起嘴，眉毛皱了起来："所以你上次说走进去会死……是骗我的？"

"是说给安妮听的，那句是官方给的标准答案。"说到这儿，小邮递员打了个响指，独角兽乖乖地走到了两人面前。他把莉莉莎往自己背后带了带，莉莉莎这才发现小邮递员长得的确很高，在她前面投下一片浅浅的影子。

他抖开一个空包裹："我把森林装进去，就可以带你走了。"

这可是重罪。

莉莉莎按住他的手："不行！你要偷国王的花园，如果我们没有跑出去，你会被处死的！"

小邮递员反握住那只手，莉莉莎能感觉到他手心的温度。

他说："我想和你生活在真实的世界里，我不希望我永远只是个梦啊。"

森林边篝火通明，人们在夜色中欢唱舞蹈。

精灵如雾气般缥缈的歌声透过枝丫传来，皇宫的钟敲了十二下。

在第十二下钟声戛然而止时，森林突然不见了。

人们面面相觑地坐在荒芜的空地上，看见不远处有个穿绿衣服的邮递员，骑着雪白的独角兽往城市边缘绝尘而去。

森林被偷走了！

国王气得面目扭曲，大声嚷嚷着让自己的骑士团追上去，抓住那个人。

独角兽跑得很快，莉莉莎从敞开的箱子中刚探出头，就看见小邮递员带着她一头扎进了雾气。

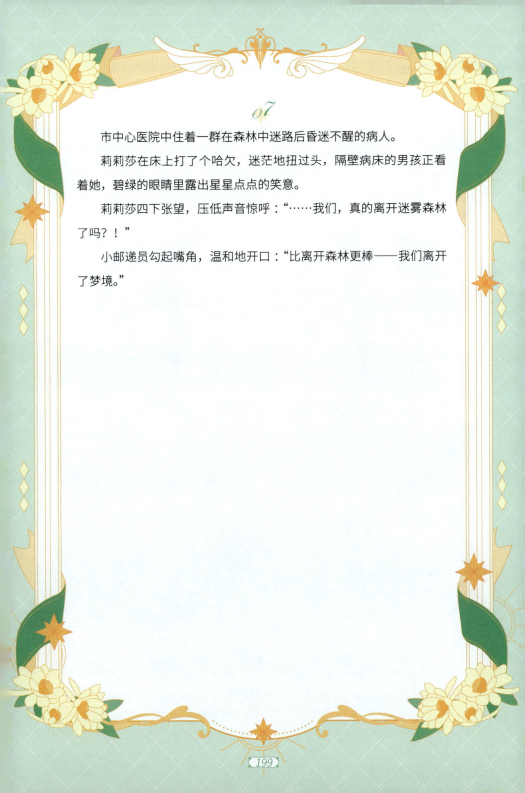

市中心医院中住着一群在森林中迷路后昏迷不醒的病人。

莉莉莎在床上打了个哈欠，迷茫地扭过头，隔壁病床的男孩正看着她，碧绿的眼睛里露出星星点点的笑意。

莉莉莎四下张望，压低声音惊呼："……我们，真的离开迷雾森林了吗？！"

小邮递员勾起嘴角，温和地开口："比离开森林更棒——我们离开了梦境。"

月亮猎人

今晚月亮猎人来了

在我梦里捕获一只蘑菇精

明晚他还会来

他去每个成年孩子的梦里

把那些非现实世界的小妖怪统统抓走

清理所有的迷雾森林

人鱼海

将盐垢搅入创口

子弹射穿每一朵幻觉之樱

BUHUO · 捕获 · 尤莉斯

梦境八分甜

Meng Jing Ba Fen Tian

XU YAN

特别专栏

最佳猎手

文/行星对撞机

最爱讲故事的笨蛋宇航员。
今天也来飞船上，一起做个甜甜的梦吧。

"说！你到底是不是从童话世界里来的？"

我盯着面前那个穿背带裤的小男孩，大声质问。

"我不是！不是啊！大姐姐！"他拼命地摇头，鼻子却越来越长。

"哼，就是你了！"

我不再听他解释，掏出童话书来对准他，口中念念有词。

"高举正义之剑，为作暗夜之光！匹诺曹！我以魔法部之名命令你，回到你原来的……"

话还没说完，匹诺曹身旁环绕起炽白色的火焰。

一本童话书从我身后飞来。

随着一道白光，匹诺曹回到了童话书里。

"前辈，下次抓人直接出招啊！整那些花里胡哨的有啥用。"

一听到这个讨厌的声音，我就知道是谁。

我转过身去："你又来抢业绩，能不能滚远点？"

"不是啊前辈！如果年底考核不过关，我就不能留在魔法部了！那我就见不着你了嘛……"

他口中的"魔法部"是我工作的地方。

人类世界时常发生各种匪夷所思的怪事，魔法部就是管理这些奇怪现象的特殊部门。

而面前这个高高瘦瘦的男孩子，是今年刚来的新人，卡卡。

能够进入魔法部，必须要有不凡的超能力。

比如刚才那道炽白色的火焰，就来自卡卡。

正如他本人一样，热烈勇敢，满腔赤诚。

而我，是整个魔法部几百年来唯一一个没有超能力的人。

我能留在这里，是因为我拥有这世界上最冰冷的心。

这难道不比任何的超能力更令人畏惧吗？

"前辈，看来这次的悬赏又要归我了哦。"卡卡凑过来，傻笑着挠头，"你放心，业绩算我的，赏金全归你！"

"切，我才不稀罕。我要走了，别跟着我。"

说完，我离开了那里。

天色尚早，我打开童话书查看，下一个目标是白雪公主。

白雪公主住在一栋豪华的别墅里，地址我早就打探好了。

这次，我一定要抢先抓到她！

年底考核，"最佳猎手"的称号我拿定了！

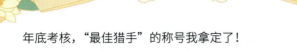

10

"你是谁？找我有什么事吗？"

面前这个女人肤白似雪，头发却乱糟糟的。

她点燃手中的烟，眼皮也不抬一下。

我冷冷地看着她，说："我来送你回去，回到童话世界。"

白雪公主猛地抬起头，眼睛里尽是恐惧。

"不！你休想！我再也不要回去了！"

为什么会这么害怕？

倒也与我无关。

我正要掏出童话书，却见白雪公主从衣柜里翻找出一个包裹。

她说："我不回去！我拿它来跟你交换！好不好？放过我吧！"

说着，她把那个包裹扔给我，火速叫来了七个保安。

09

有时候没有超能力，还真是麻烦啊，就比如现在。

我被那群保安扔出了大门外，跌坐在地上，怀里还抱着一个莫名
其妙的包裹。

这个白雪公主怎么怪怪的，有点神经质啊。

等等？

我看向怀中的包裹，打开了它。

"嚯！这个茶壶还挺别致的！"

话说，白雪公主给我个茶壶干吗？

话音刚落，手中的茶壶嗡嗡作响，烟雾弥漫，一道紫色的轻烟自壶嘴处飘了出来。

"你就知道个茶壶！是神灯！神灯！"紫色的烟雾凝聚成人形，出现在我面前。

"哟！阿拉灯神丁！"我惊喜地叫出它的名字。

正好，它也在我追捕的名单上。

"是阿拉丁神灯！"灯神冲我翻了个白眼。

"嘿嘿，抱歉抱歉，一时口误。"我一边说着，一边悄悄掏出童话书。

"且慢。"灯神似乎看穿了我的意图，"我可以帮你实现三个愿望，难道你就不心动吗？"

我皱着眉毛，思考了几秒。

如果没有魔法，这些童话人物确实不好找。

我："好吧。我可以暂时不送你回去。不过，早晚还是要动手的。"

灯神："嗨，小姑娘。这个世界那么好玩，能留一会儿是一会儿嘛！"

这灯神，还挺想得开。

我端详着灯神，突然想明白了什么。

我："白雪公主那大别墅，是向你许愿得来的吧？"

灯神得意洋洋地点头。

我："那七个保镖也是一样？"

灯神："那是当然的啦。"

我："那……白雪公主的第三个愿望是什么？"

灯神顿住了。

只见他眼神飘忽，看向别处。

"我不记得啦！小姑娘，你有什么愿望快来说说嘛！"

"哦？我想想。真的什么愿望都能实现？"我挑了挑眉。

"那是当然的啦。"灯神说。

许什么愿望好呢？

明明一开始，我是打算借助灯神的能力，抓捕其他童话人物的。可是没来由的，一张熟悉又讨厌的脸傻笑着出现在我脑海。

还没等我开口，灯神说："得嘞！大哥也是过来人！我明白！"

下一秒，烟雾弥漫。

"嘭"的一声，卡卡出现在我眼前，手里还拎着一条细细的绳子？

"欸？前辈！我怎么到这了？我正要出门遛狗呢！"说着，卡卡冲我傻笑着，扬了扬手里的绳子。

"我的狗呢？"

"噗——"我被他傻乎乎的样子逗笑了，他似乎也没那么讨厌。

卡卡瞥见了我怀里抱着的神灯："哟！这个尿壶挺别致啊！文物？"

"是神灯啊！你大爷的！"灯神气得直翻白眼。

我却笑得前仰后合。

三言两语，我向卡卡解释了事情的来龙去脉。

我说："事情就是这样。至于你，完全是这个灯神大哥瞎猜的。我才不可能想要见到你。"

卡卡傻笑着，和灯神交换了个奇怪的眼神。

仿佛是专属于男人之间的默契，而我根本读不懂。

这两个家伙，可恶。

我接着说："所以，你可以回去了。"

卡卡："前辈。中国有句至理名言，你一定听过。"

我："啥？"

卡卡："来都来了。你接下来要去抓谁，一起呗？"

我：……

我向灯神许了第二个愿望，带我们找到丑小鸭。

烟雾弥漫，我们来到了一家全聚德的门口。

"糟糕，来不及了！"我意识到了什么，冲进烤鸭店。

站在烤架旁，童话书隐隐发光。很不幸，丑小鸭已经被做成了烤鸭。

这下坏了。

我和卡卡，同时默默垂下头。

不不不，拥有最冰冷内心的我，才不会因为一只鸭子感到难过呢。我只是在为我又失去了一笔赏金而难过。

倒是卡卡，好像真的有点伤感了呢。

"呜呜呜，鸭鸭那么可爱，你们怎么可以吃鸭鸭……"他说。

灯神从壶嘴里钻出来，慢悠悠地开口："小兄弟。中国有句至理名言，你一定听过。

我："来都来了。"

灯神："来都来了。"

卡卡：……

我们怀着沉痛的心情猛吃了两大碗。

卡卡："嗝——真香。"

我：……

灯神：……

吃饱喝足，我翻开童话书查看剩下的名单。

如果没有了丑小鸭的话，就只剩下《皇帝的新装》里面的蠢皇帝。还有——

我眼睛里飘闪着灼灼的光。

白雪公主。

事不宜迟，先去找那蠢皇帝。

"灯神，带我们走。"这是最后一个愿望了。

灯神不好意思地说："这个皇帝，我没听说过啊。能不能给我描述一下？不然不好找啊。"

我："嗨！好找好找！你就找不穿衣服的裸男就对啦！"

除了那蠢皇帝，还有谁会不穿衣服呢？我一下子就抓住了皇帝最精准的特征。

不愧是我。

灯神点点头，一副势在必得的样子："裸男是吧！懂了，出发！"

随着一阵烟雾，我们来到了……另一阵烟雾里？

欸？

四周都是白茫茫的水汽，空气闷热异常。这里是——男澡堂？！

"啊！！！"卡卡害羞地捂上了眼睛。

"啊！！！"我兴奋地睁大了眼睛。

还没看个清楚，卡卡一把抱起我，跑了出去。屡屡失败，我有些着急。

"你干吗？！"我抬起头瞪着他。

"你不许看！"他说。

"凭什么不能看！你就是怕我比你先找到那蠢皇帝罢了！"

"不是啊！前辈，我那么喜欢你，你怎么就是不明白呢！"

"你放屁！"

我一把推开了他，两个人陷入了沉默。

许久，我开口："那蠢皇帝送你了，去找吧。别再跟着我了。"

05

我和卡卡分道扬镳。

灯神在我身边绕来绕去，唠叨个没完："小姑娘，他摆明了就是喜欢你呗。"

"人家好好的一份心意，明明就是吃醋了，不让你看别的男人嘛。

"你说说，人家那么喜欢你，你是真不明白？"

我明白啊，可是他太热烈了，太美好了。他拥有支配火焰的能力，眼神炽热得像太阳。

而我呢？

我什么都没有，只有一颗世上最冰冷的心脏。

这几年，我在魔法部工作，结了不少仇家。他值得和他一样热烈又美好的女孩子。而我只会拖累他，害了他。

那蠢皇帝，哪里是我送他的，分明是还他的。谢谢他送给我的爱和温暖。

三个愿望许完了，我送走了神灯，悬赏金终于收入囊中。

临走前，灯神郑重地对我说："妹子，不和他联手，你是抓不住白雪公主的。

"你非要自己一个人，那你一定要注意安全啊。"

切，我才不听他的。

我掏出童话书翻了翻，蠢皇帝那一页已经恢复了色彩。

看来卡卡那边已经成功了。

那么，还剩下最后一个猎物——白雪公主。

前往别墅的路上，我心中隐隐有些不安。为什么白雪公主那么害怕回到原来的世界？她向神灯许的第三个愿望，到底是什么？

终于回到了这里。庭院里静悄悄，保安们不知道去哪儿了。

"出来！白雪公主。"我大喊。

即使没有别人的帮助，我也可以顺利抓到她。

不知不觉间，四周的温度降了下来，已经是黄昏了，天色渐暗，屋子里隐隐约约传出白雪公主的哭泣声。

那哭声越来越大，越来越近。

"嘭！"门被一股强劲的气流冲击开。

白雪公主走了出来。她四周环绕着黑色的烟雾，双眼却红得可怕。

"为什么！我好不容易才逃出来的！为什么要让我回去！"她哭喊着。

"回到爱你的王子身边，过上幸福的童话生活，这有什么不好？"我说。

"幸福？"白雪公主撕扯开袖口，露出一截满是伤痕的手臂。

原来英俊的王子也有可能是个可恶的暴力狂，原来童话的结局并不是公主和王子人生的结局。他们还要一起接受考验，走上很久很久的一段路。

"公主和王子从此过上了幸福的生活"这句话，好像也没那么美好了。

"说真的，此时此刻我应该同情你。"我说，"但是很抱歉，我的心太冷了。"

就连面对那个总是傻笑的男孩，我都不可以动摇。更何况白雪公主，只是我的猎物。

我掏出童话书："乖乖回去吧，白雪公主。"

"不！！！"白雪公主发出尖利的哭喊声，她周围浮现出闪烁的光点。

那是什么？

散发着黑色烟雾的毒苹果！

我终于明白了灯神闪躲的眼神，终于明白了白雪公主的第三个愿望到底是什么。她要把自己心中的痛苦，化作漆黑的力量。

02

"非要让我回去，今天就是你的死期！"白雪公主的毒苹果一个个张着血盆大口飞向我。

明明应该逃跑，身体却僵硬到无法移动。难道没有超能力，就注定要失败吗？我绝望地闭上眼。

来了！来了！我感受到扑面而来的腐烂气味。

"啊！！！"我忍不住尖叫出声，浑身颤抖，等待着死亡来临。

面前的空气突然变得灼热。

我睁开眼。

每一颗飞向我的毒苹果，都在即将靠近我的时候燃起烈火，然后化为灰烬，在空中消散。

什么情况？

"前辈，有没有想我啊？"我回头，卡卡冲我笑，手中燃烧着炽白色的火焰。

"谢谢你。"

"不客气，来都来了，你往前走。"

我转过身去，一步步走向白雪公主。她更加疯狂起来，毒苹果不断地飞向我，但每一颗都在接近我之前，被燃烧殆尽。

我扬起下巴，拿出童话书。

"白雪公主，你刚才说，今天是谁的死期来着？"

01

白光闪过，这次的任务终于结束了。我重重地叹了一口气，心中五味杂陈。

对了，向卡卡道个谢吧。正准备回头，那个人却从背后抱住我。

好温暖。

他低下头，脑袋埋在我的肩侧，轻轻地开口："前辈，刚才真的好危险，我差一点就来晚了。

"前辈，你知不知道我有多担心你？"

我睁大了眼，心怦怦地跳。

他一刻不停地说着："前辈，我只是为了达到新人考核目标，能够留在你身边啊。

"最佳猎手什么的，我一点也不感兴趣。

"姐姐，我想猎捕的，只有你的心。"

说完，他走到我面前低下头，看向我的眼睛。

温热的鼻息凑近。

"欸？等等。"我突然想到了什么，轻轻推开他。

"怎么了？"他说。

"你说，这些童话故事中的角色到底是怎么跑出来的呢？"

写到这里，电脑前的行星愣住了，她实在是想不出一个完美的解释。

到底是怎么跑出来的呢？

到底是怎么跑出来的呢！

啊——根本写不出来啊！

门被推开，一个高高瘦瘦的男孩端着热茶走进来。

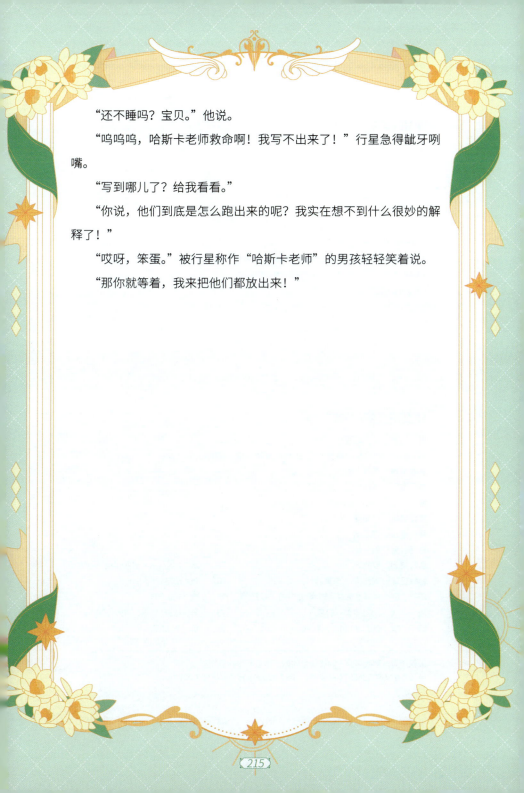

"还不睡吗？宝贝。"他说。

"呜呜呜，哈斯卡老师救命啊！我写不出来了！"行星急得龇牙咧嘴。

"写到哪儿了？给我看看。"

"你说，他们到底是怎么跑出来的呢？我实在想不到什么很妙的解释了！"

"哎呀，笨蛋。"被行星称作"哈斯卡老师"的男孩轻轻笑着说。

"那你就等着，我来把他们都放出来！"

图书在版编目（CIP）数据

仲夏精灵梦 / 白萌萌主编 .—武汉：长江出版社，2021.7
ISBN 978-7-5492-7707-0

Ⅰ.①仲… Ⅱ.①白… Ⅲ.①短篇小说 - 小说集—中国
—当代 Ⅳ.① I247.7

中国版本图书馆 CIP 数据核字（2021）第 110153 号

本书由天津漫娱图书有限公司正式授权长江出版社，在中国
大陆地区独家出版中文简体版本。未经书面同意，不得以任
何形式转载和使用。

仲夏精灵梦/ 白萌萌 主编

出　　版	长江出版社			
	（武汉市解放大道1863号 邮政编码：430010）			
选题策划	漫娱　姜悦			
市场发行	长江出版社发行部			
网　　址	http://www.cjpress.com.cn			
责任编辑	冯曼曼			
特约编辑	许斐然			
总 策 划	熊 嵩			
执行策划	罗晓琴	开　本	880mm×1230mm 1／32
装帧设计	刘江南　李梦君	印　张	6.75
印　　刷	中华商务联合印刷（广东）有限公司	字　数	155千字
版　　次	2021年7月第1版	书　号	ISBN 978-7-5492-7707-0
印　　次	2021年7月第1次印刷	定　价	49.80元

特约画手
—— Sainker ——

✦

自由插画师，想带着心爱的书籍纸笔前往海边。

漫娱图书
SINCE BOOKS

CHANGJIANG PRESS
SPACE CRACK
次元时空裂缝